LA STAGIONE

Le fuggitive

per scoprire tutti i nostri libri, inquadra il QR code

Megan Nolan

ATTI DI SOTTOMISSIONE

Traduzione di Tiziana Lo Porto

NNE

Titolo originale:
Acts of Desperation

Le citazioni in epigrafe sono tratte da: R. Carver, *Ultimo frammento,* in *Orientarsi con le stelle. Tutte le poesie*, tr. di R. Duranti, minimum fax, Roma 2006, e R.D. Laing, *L'io diviso. Studio di psichiatria esistenziale*, tr. di D. Mezzacapa, Einaudi, Torino 1969.

www.nneditore.it

A mia madre Sue e a mio padre Jim

E hai ottenuto quello che
volevi da questa vita, nonostante tutto?
Sì.
E cos'è che volevi?
Potermi dire amato, sentirmi
amato sulla terra.
Raymond Carver, *Ultimo frammento*

Una ricoverata, una ragazzina di diciassette anni, mi disse una volta di essere in preda al terrore perché aveva dentro di sé la bomba atomica.
R.D. Laing, *L'io diviso*

APRILE 2012
Dublino

1.

La prima volta che l'ho visto, mi ha fatto una gran pena.

Mi guardavo in giro alla ricerca di qualcosa da bere, avevo sete, ed è lì che è cominciato tutto.

Era in piedi nella galleria d'arte vicino a una scultura, un oggetto grottesco. Rosa e simile a una specie di mutazione di orecchio umano.

Era assorto in una conversazione e nel parlare indicava la scultura con veemenza. Mi sono resa conto che non era la prima volta che lo vedevo.

Un giorno mi ero ritrovata seduta davanti a lui alla Rathmines Library e a colpirmi, allora come adesso, era stato il fatto che fosse l'uomo più bello che avessi mai visto. Ci eravamo scambiati un lungo sguardo.

All'epoca stavo con un altro, ma comunque non avevo mai abbordato un uomo in vita mia, non così. In seguito ci avevo pensato, ed ero arrivata alla conclusione che fosse lì di passaggio. Uno come lui, fatto come lui, non viveva a Dublino, o in Irlanda, avevo pensato. Uno così bello non poteva vivere con noi.

Adesso era in piedi a tre metri da me e l'ho osservato di nuovo.

Ciaran era di quel biondo soffice che tende a scurirsi tipico dei bambini quando escono dalla primissima infanzia.

Aveva grandi occhi verdi, il naso aquilino, e una bocca perfetta e ardente, da cherubino, di un rosa inverosimile e un po' contratta, come imbronciata o sempre sul punto di ridere. Era molto alto e aveva la cattiva postura di chi lo è diventato in giovane età e ha cercato di nasconderlo.

Le mani erano eleganti e sproporzionatamente larghe, anche rispetto alle lunghe braccia a cui erano attaccate. Le ossa sembravano per certi versi più delicate di quelle di chiunque altro. I lineamenti erano anch'essi adorabili, ma a disorientarti all'inizio era la struttura del viso. Quegli zigomi così alti da rendere gli occhi crudeli, le lunghe dita che afferravano risolutamente l'aria mentre parlava, come se stesse sistemando delle decorazioni.

Il punto è che Ciaran non era solo incredibilmente bello, il suo corpo irradiava anche un'immensa tranquillità. La tranquillità era dietro ogni gesto, gli sguardi, le risate. Lui non cercava nulla di ciò che aveva intorno.

In una stanza come quella, pervasa dall'arte, dove ogni persona con cui parli guarda al di sopra della tua spalla per cercare un curatore, era piuttosto sorprendente. E anche se non sembrava particolarmente felice, appariva senza dubbio integro, come se contenesse tutto il suo mondo dentro di sé.

2.

Si può amare qualcuno senza conoscerlo, o conoscendolo solo di vista?

Come posso descrivere quanto mi è successo senza usare la parola "amore"?

Me ne stavo in quella galleria e ciò che provavo non era semplice attrazione sessuale (di cui ero vagamente consapevole, come un rumore di fondo), ma una sensazione che potrei descrivere solo come una pena solenne e angosciante.

Con ciò non voglio dire che mi sentissi superiore a lui. Per quasi tutta la nostra vita insieme avrei ritenuto Ciaran migliore di me nelle cose essenziali e in quelle superficiali.

Con "pena" intendo che mi è bastato guardarlo per provare una profonda tenerezza per la sua condizione: quella di essere umano. In quell'istante, l'affetto e il dispiacere che di base provo per qualsiasi essere umano sono diventati così intensi da togliermi il respiro.

Anche adesso, anche dopo tutto ciò che è accaduto tra noi, riesco ancora a esserne commossa.

Ciaran non è stato solo il primo bell'uomo con cui sono andata a letto, o il primo per cui ho provato sentimenti ossessivi: è stato il primo che ho venerato. Il suo corpo sarebbe diventato per me un luogo di preghiera, un posto dove dimenticare la mia carne viva e stare solo con la sua. Era una questione di piacere assoluto, di bellezza totale.

Pensate che non sia consapevole di definire il suo corpo un luogo, un oggetto? Pensate che non sia consapevole di cosa comporti il fatto che una donna parli così del corpo di un uomo? Cosa ne so del corpo di un uomo? E davvero ognuno di loro merita o ha bisogno dell'ennesimo momento di lode?

Come ci si deve sentire a essere belli ma anche invisibili ogni volta che lo si desidera? A essere un bell'uomo?

3.

Ciaran ha incrociato il mio sguardo, abbozzato un sorriso e spalancato gli occhi – ricordandosi, così speravo, del nostro precedente incontro. Mi sono avvicinata e lui si è sottratto alla conversazione e si è girato verso di me.

«Ah, sei tu» ha detto, come se avessimo appuntamento.

«Proprio io» ho detto stupidamente, e sono arrossita di vergogna nel sentire la mia voce come provenire da un punto fuori dalla mia testa. Suonava molto irlandese e intrisa di una forzata cordialità. Ciaran aveva un accento che non riuscivo a identificare.

«Come ti chiami?» ho chiesto.

«Ciaran» ha detto lui, e poi, come se mi avesse letto nel pensiero: «Però solo mio padre è irlandese... io sono danese».

A quel punto l'ho guardato negli occhi e la vergogna è stata sopraffatta dall'attrazione che riuscivo a percepire tra noi.

Ci siamo scambiati un sorriso timido.

«Che ne pensi della mostra?».

«Oh, be'» ho detto, provando a rispondere con la massima rapidità e disinvoltura «è solo un'accozzaglia di oggetti raccolti in una stanza, no? Non trovo abbiano chissà quale significato. Sono venuta per bere».

Ha ignorato l'ultima parte del mio discorso, che mirava a spostarci su un terreno in cui mi sentivo più a mio agio.

«Non dovremmo sforzarci di capire perché questi oggetti, perché in questa particolare stanza?».

Mi sono chiesta se mi stesse prendendo in giro, ma sembrava una domanda innocente.

«È solo che l'arte per me non è mai un territorio sicuro. Di altri argomenti ne so quanto basta per discuterne. Dell'arte non so proprio cosa dire. Non ho parametri di riferimento».

Mi ha sorriso di nuovo. Adesso nei suoi occhi c'era qualcosa di palesemente erotico, quasi compiaciuto.

«Be', è proprio questa la cosa che più mi piace dell'arte».

«Beviamo qualcosa?» ho domandato.

«Sto andando via e comunque gli alcolici sono finiti, tieni». Mi ha passato la sua birra quasi intatta e ha raccolto la sua borsa. «Ti andrebbe di fare una passeggiata con me domani?».

Prendendo il mio sguardo inebetito come un sì, ha scritto il suo numero di telefono su un tovagliolino e me l'ha dato.

«Bene» ha detto, e se n'è andato.

4.

All'epoca abitavo in un monolocale al pianoterra a Ranelagh, e di notte lasciavo la finestra aperta così da poter scavalcare se perdevo le chiavi, cosa che capitava spesso. La prima notte che ho passato lì, ho disfatto le valigie e mi sono seduta sul letto a osservare cimeli e cianfrusaglie. Erano disegni e biglietti di vecchi amanti e amici, cartoline, fotografie, statuette di porcellana, posacenere antichi. Avevo bisogno di quelle cose, le sistemavo non appena arrivavo in un posto nuovo, ma adesso che ero sola sembravano sciocche. Sembravano oggetti di scena per un brutto spettacolo teatrale, che cercavano di evocare una personalità laddove non ce n'era alcuna.

Abitando da sola, avevo iniziato a separarmi da me stessa in modo più profondo e grottesco di quanto avessi mai fatto prima.

C'era la mia vita pubblica, quella in cui lavoravo, uscivo, ballavo, bevevo ed ero divertente e vivace; in cui facevo gli occhi dolci agli uomini nei bar e a volte rincasavo con loro; in cui raccontavo alle persone che amavo vivere da sola, e loro mi credevano vedendomi così felice.

Ero davvero felice quando sembravo felice. Sono incapace di mentire sui miei sentimenti, è solo che i sentimenti non hanno alcuna coerenza, non rimangono costanti da un'ora all'altra.

E poi c'era la vita che trascorrevo nel mio appartamento cercando di torturarmi fino alla sottomissione e all'immobilità. Non riuscivo a stare da sola e, dato che sapevo che era un segno di debolezza, mi costringevo a provarci il più a lungo possibile prima di cedere, anche se a volte pensavo di impazzire.

Quando stavo con gli altri mi sentivo vera. Era questo il motivo per cui volevo essere innamorata. Quando ami, non hai bisogno della costante presenza fisica dell'amato per sentirti vera. È l'amore in sé a sostenere e dare valore ai momenti penosi che altrimenti sprecheresti esercitandoti a essere una persona, camminando avanti e indietro nel tuo appartamento di merda, aspettando che si facciano le sette per aprire il vino.

Essere innamorati ti concede una sorta di grazia. Un amico una volta mi ha detto che immaginava suo padre o Dio guardarlo mentre lavorava, per essere più produttivo. Essere innamorati per me era questo: uno scudo, uno scopo più alto, una promessa a qualcosa fuori da te.

La sera in cui ho conosciuto Ciaran mi sono ubriacata come mai in vita mia. C'erano due livelli di ubriachezza che riuscivo a raggiungere. Il primo era solitario e nato non dal desiderio di essere ubriaca ma da quello di passare il tempo in modo meno triste. Era un'ubriachezza lenta, all'incirca un bicchiere di vino ogni mezz'ora o giù di lì, non troppo smodata, anche se mai meno di una bottiglia, e caratterizzata da una stucchevole autocommiserazione che talvolta degenerava in violenza.

L'altro livello di ubriachezza era decisamente più esagerato, caratterizzato da un buonumore esuberante e da un comune tocco di follia: quelle notti spendevo una quantità enorme di soldi che non possedevo, perché il tempo al di là del presente mi sembrava più che mai irreale, e le necessità del presente si facevano prioritarie.

L'eccesso di quelle notti non era mai deprimente mentre

accadeva, faceva parte dell'essere giovane e non avere obblighi né stabilità. Di solito le riconoscevi prima che iniziassero, da una certa atmosfera trasgressiva che si percepiva nella stanza quando si cominciava a bere. Buttavamo giù il primo bicchiere, pregustando avidi la sfrenatezza e l'isteria in arrivo. C'erano cose che ci saremmo aspettati di avere e che non avevamo.

Certe volte, in notti come quelle, incontravo persone diverse da me, persone che venivano da famiglie ricche e abitavano in appartamenti che i genitori gli avevano regalato con la stessa disinvoltura con cui a noi, per i compleanni, venivano regalati braccialetti della fortuna e buoni da spendere in libri. Una di queste persone, Rogers, un tipo basso e nerboruto con un gran ciuffo di capelli biondi cotonati alla *Ritorno a Brideshead* che fremeva sul suo viso di porcellana, si era ritirato dall'università più o meno nel mio stesso periodo. L'avevo rivisto a una festa alcuni mesi dopo e gli avevo chiesto come stava. Avevo sentito dire che aveva un incarico di medio livello in una grande agenzia di pubbliche relazioni, e mi ero stupita, dato che eravamo entrambi diciannovenni e senza qualifiche. Io continuavo ad arrabattarmi con lavoretti malpagati da commessa o da barista.

Quando gli avevo chiesto, candidamente, come fosse riuscito a ottenere un lavoro del genere, mi aveva detto con una strizzatina d'occhio: «Il nome Rogers ha un certo peso in questa città!». Era un'affermazione ripugnante di per sé, ma era diventata comicamente assurda quando un amico comune mi aveva rivelato che l'agenzia era dei genitori. *Il nome Rogers ha un certo peso nella famiglia Rogers*, pensavo con delizioso risentimento ogni volta che mi capitava di incontrarlo.

Come molti miei amici ero una buona bevitrice, nel senso che riuscivo a bere parecchio, mi piaceva, e non diventavo molesta quando mi ubriacavo.

La croce della mia vita erano i postumi delle sbornie. Li subivo quasi tutte le mattine, e piuttosto pesantemente almeno due volte alla settimana. Durante i postumi peggiori, perdevo intere giornate rannicchiata a letto, scorrendo lo smartphone senza alcuna gioia o scopo, intrappolata a mo' di difesa nella coazione a ripetere. Sbirciavo da dietro le tende il sole delle quattro del pomeriggio e pensavo fosse meglio restare lì finché non calava il buio. Ero terrorizzata.

Una volta ho risposto a un questionario per stabilire il mio livello di dipendenza dall'alcol. L'ultima domanda, nella sezione che avrebbe dovuto indicare un "alcolizzato all'ultimo stadio prossimo alla morte", era: "Vi capita spesso di svegliarvi terribilmente spaventati dopo aver bevuto parecchio?". Quando l'ho letta ho pensato, *Terribilmente spaventata è proprio come lo descriverei io.*

Terribilmente spaventata. Riassumeva la sensazione di paura per certi versi atavica che provavo svegliandomi la mattina. Mi ricordava quelle rappresentazioni cinematografiche di donne anziane che barcollano sull'orlo della demenza, ormai vedove, incapaci di ricordare i particolari delle loro case; una sofferenza e uno smarrimento inutili ma totali. Mi svegliavo sempre terribilmente spaventata.

William Faulkner, negli ultimi stadi del suo alcolismo, andò a New York a trovare gli amici e assistere a qualche spettacolo teatrale. Dopo aver passato dieci giorni a bere pesantemente, scomparve. Un amico andò a cercarlo in albergo e, dopo aver bussato alla porta e urlato il suo nome invano, insistette con il personale affinché lo facessero entrare. Irruppero nella stanza e trovarono Faulkner semicosciente che gemeva roco sul pavimento del bagno.

Nell'aria c'era un odore strano e fetido. Le finestre erano tutte aperte malgrado la temperatura sottozero. Durante la notte, Faulkner si era alzato per andare a vomitare ed era caduto su un tubo del termosifone. Aveva perso immediatamente conoscenza e non aveva sentito il tubo bruciargli la carne della schiena per ore. Quando lo trovarono, l'ustione era ormai di terzo grado.

In ospedale chiamarono il suo medico, il dottor Joe, che gli chiese: «Perché lo fai?».

Faulkner, a quanto pare, spinse in fuori la mandibola e rispose: «Perché mi piace!».

Il suo editore Bennett andò a tenergli compagnia.

«Bill» disse, e lo immagino guardarsi le mani, scuotendo appena il capo, incapace di incrociare lo sguardo dell'amico «perché ti comporti così mentre sei in vacanza?».

Faulkner si irritò e si sollevò sul letto, in tutta la sua statura. «Bennett» disse «dopotutto sono le mie vacanze».

Perché lo fai? Perché mi piace.

Con questo non voglio dire che provo piacere nel farlo, ma che scelgo di farlo.

Non riesco a capire ciò che faccio: infatti io faccio non quello che voglio, ma quello che detesto. [...] Me infelice! Chi mi libererà da questo corpo di morte?

Romani 7,15-25

Quella notte, dopo avere incontrato Ciaran, ho bevuto fino a vomitare e a farmi esplodere i capillari attorno agli occhi, e li ho sfiorati dolcemente allo specchio, riconoscendoli come i segnali di un inizio.

5.

Eventi oggettivamente peggiori di quanto sarebbe successo con Ciaran erano già accaduti agli albori della mia vita adulta, sordidi posti di blocco per una donna ferita. Non riesco a parlare di queste cose troppo presto perché solo nominandole evocherei, come in un sortilegio, il disinteresse del lettore illuminato. La sofferenza delle donne è dozzinale ed è usata in modo dozzinale da donne disoneste in cerca soltanto di attenzioni – e fra tutti i nostri peccati capitali, cercare attenzioni di sicuro dev'essere uno dei più gravi.

La sofferenza che avevo tollerato fino a quel momento, prima di conoscere Ciaran, l'avevo tollerata come avrebbe fatto una bambina. Con ciò non voglio dire che non fosse una sofferenza grave, perché lo era, o che non la capissi, perché la capivo. Ma, prima di Ciaran, consideravo ancora la sofferenza come qualcosa di sensato. Capivo anche la più inspiegabile delle tragedie, perché era permeata di un qualche scopo, benché sconosciuto.

Avevo la sensazione che ci fossero persone fortunate e persone sfortunate, e io ero una persona fortunata. Anche nei momenti di peggior depressione, l'avevo sempre saputo. La mia tristezza sembrava derivare dalla consapevolezza di non essere brava abbastanza da meritare la vita oggettivamente prospera che mi era stata data.

Non era una cosa su cui ragionavo troppo, o in modo troppo religioso, come quando dici: "Tutto accade per una ragione" o: "Dio non ci dà più di quello che possiamo sopportare", ma la sensazione non era poi così diversa. Era la sensazione che ogni vita umana avesse una narrazione e un destino. Era la sensazione che la sfortuna, per quanto grande, alla fine sarebbe servita a guidare ognuno di noi verso il proprio personale e inevitabile epilogo.

Per come la intendevo io, ogni azione mi avrebbe condotto nel luogo più giusto per me, e quel luogo era l'amore.

L'amore era la grande consolazione, avrebbe incendiato i campi della mia vita in un istante, senza lasciare nulla dietro di sé. Lo immaginavo come la grande livella, come una forza che mi avrebbe purificato e con la sua sola presenza mi avrebbe reso degna di riceverlo. Dopo la prima infanzia, la religione era scomparsa dalla mia vita, e al suo posto avevo coltivato una grande fede nell'amore.

Ehi, non prendetemi in giro per questo, solo perché è una donna a dirvelo. Mi ascolto mentre parlo.

6.

La mattina seguente gli ho mandato un messaggio e ci siamo dati appuntamento alle due del pomeriggio fuori dal Natural History Museum. Ho fatto la doccia con l'acqua quasi bollente e mi sono lavata i denti così forte da sputare sangue nel lavandino. Avevo un brutto doposbornia, ma non mi sentivo male, ero in quel dolce momento che precede la totale sobrietà. E ne ero felice. Attraversare la vita con i postumi delle sbronze è un calvario, ma nemmeno farlo da sobri è una passeggiata. Lo stato confusionale e di intorpidimento procurato da una sbornia può aiutarti a superare una giornata senza che te ne accorga; sei troppo preso a occuparti dei dolori e della sete per prestare attenzione a qualsiasi altra cosa possa affliggerti.

Non mangiavo dal pranzo del giorno prima e mentre camminavo ero agitata. Ho provato a ricordare la sua faccia scoprendo che l'intensità della mia cotta me lo impediva. Riuscivo a ricordarne singoli pezzi, ma quando cercavo di metterli insieme fluttuavano in un caos abbagliante. Ci ho riso sopra nervosamente e ho scosso la testa, piena di affetto verso me stessa. Mi amo quando sono innamorata. Trovo i miei sentimenti affascinanti e umani, per una volta riesco a simpatizzare con le mie azioni.

Quando sono arrivata, Ciaran stava gironzolando sui prati e guardava le siepi potate a forma di animali. Mi sono avvicinata e gli ho appoggiato una mano sul gomito, sentendo il calore del vecchio e logoro cardigan color ruggine che indossava. L'avevo già notato all'inaugurazione della mostra: si vestiva con abiti che addosso a lui erano eleganti, eppure parevano sul punto di collassare. Non erano semplicemente rovinati come andava di moda, ma sembrava che non potessero proprio più svolgere la loro funzione di vestiti. Era una cosa che istintivamente rispettavo: l'intraprendenza. Mio padre una volta mi ha detto che ciò che ammira di più al mondo è l'intraprendenza, e da allora non faccio che cercarla.

Ci siamo salutati con un abbraccio e ho sentito quanto era magro sotto gli strati soffici e logori dei vestiti. Ho percepito in lui qualcosa di leggermente diverso dalla sera prima. Era sempre di una calma potentissima, ma aveva il viso teso. Mi sono domandata se fosse nervoso. Il mio nervosismo dipendeva principalmente dalla sobrietà. Tutte le mie storie d'amore fino ad allora erano iniziate da ubriaca, e la maggior parte per caso.

Era un pessimo luogo per un primo appuntamento. Dovevamo sempre spostarci e concentrare la nostra attenzione su cose diverse da noi. Commentavamo i reperti esposti tra un silenzio e l'altro. Abbiamo chiacchierato a sufficienza da scambiarci, a bassa voce, le informazioni essenziali. Ho scoperto che un anno prima si era stabilito a Dublino per trascorrere del tempo con il padre, che era stato male ma adesso stava meglio. Veniva da fuori Copenhagen, dove faceva il critico d'arte. Stava cercando di scrivere dei saggi, ma si guadagnava da vivere come copywriter e scrivendo recensioni per una rivista.

I silenzi mi mettevano addosso un'ansia intollerabile e temevo che da un momento all'altro sarei scoppiata a ridere. Essere in quel museo non aiutava; era un vecchio edificio decadente, buio e bello, dove le mostre talvolta erano involontariamente comiche. Io e i miei amici ogni tanto ci andavamo dopo una sbronza ed era una vera gioia ridere a crepapelle dell'arcaica e incompetente arte della tassidermia. Ma Ciaran si muoveva lì in mezzo con palese serietà, e mi sono sentita un'idiota a trovarla divertente.

L'ho osservato il più a lungo possibile mentre studiava le farfalle. Avrei voluto stargli più vicino. Mi sono accostata, l'ho preso per il gomito consunto e gli ho chiesto se gli andasse di mangiare qualcosa.

Fuori, dopo aver sceso le scale ancora in silenzio, si è girato verso di me e ha detto: «Be'. Era un museo bruttissimo». E la sua serietà a quel punto mi ha fatto ridere, e ha riso anche lui.

Abbiamo trascorso il resto della giornata insieme a raccontarci delle nostre vite. Lui ha descritto la città da dove veniva e ha detto che lasciarla non era stato affatto triste. Io gli ho raccontato di aver mollato l'università e dei tanti lavori strani che avevo fatto da allora. Gli ho detto che anch'io scrivevo, nel modo in cui lo dico sempre alla gente: con gli occhi devoti e bassi di una santa, distogliendo lo sguardo, preoccupata e in cuor mio un po' speranzosa che mi rivolgano qualche domanda. Con gran parte degli uomini non c'era alcun pericolo che succedesse e Ciaran non era diverso dagli altri. Ha annuito rapidamente e ha cambiato argomento.

La sera abbiamo passeggiato lungo i viali e mi ha salutato per andare a lavorare nel suo studio. Mi ha baciato, poi mi ha tenuto la testa tra le mani, studiandomi il viso con tenera soddisfazione, e ha detto che ci saremmo rivisti presto.

Mentre ci allontanavamo in direzioni opposte, mi sono voltata a guardarlo e lui ha fatto lo stesso e mi sentivo sempre più leggera. Ridevamo entrambi, mi sono girata di nuovo e ho iniziato a correre – dovevo farlo, il sentimento era troppo intenso. Ho corso e non riuscivo a smettere di ridere dallo stupore, pensando al modo in cui mi aveva baciato, pensando che in quel momento non avrei voluto baciare nessun altro.

A ripensarci, trovo che la cosa più strana sia stata la tranquillità di quella giornata insieme. Eravamo andati d'accordo, ci eravamo trovati piacevoli, eravamo palesemente attratti l'uno dall'altra, ma non c'era stato nessun momento culminante nei nostri scambi. Quel momento che avevo condiviso con altri prima di lui, in cui senti che tutti i pezzi si allineano mentre un ritmo si consolida, non c'era stato.

Penso che anche allora, in quel primo irrompere di emozioni, correndo lungo i viali nel tramonto di aprile, ne fossi consapevole. Non mi importava quanto lui fosse divertente, o cosa pensasse di me, o quali libri avessimo letto entrambi.

Mi sono innamorata di lui da subito, e non c'era niente che né lui né altri avrebbero potuto fare per cambiare questa cosa.

7.

Prima di Ciaran avevo provato altri uomini. Provavo parecchie cose. Avevo raggiunto una strana età. Non ero più l'adolescente spregiudicata che esercitava un incredibile potere sugli uomini. Né ero ancora una donna adulta e sicura di sé, capace di attrarli con la propria indipendenza.

Piacevo a tutti perché, anche se ero abbastanza affascinante, non intimidivo. Ero ottimista, di buon carattere e di tanto in tanto un po' cattiva, ma in modo divertente. Apparivo e scopavo come una donna ma continuavo a bere, drogarmi e parlare come un ragazzaccio. Rincasavo insieme a dj spilungoni ed effeminati e la mattina dopo esploravo con loro la città senza l'imbarazzante allusione all'amore o al dovere.

Potevamo andare a prendere un caffè avvolti nelle nostre pellicce ridicole, o una birra furtiva a un'ora prematura, prima di avviarci ognuno per la propria strada; e poi li rivedevo la sera stessa in un altro locale con una di quelle ragazze che ai loro occhi era più simile a una donna vera, ragazze alte, slanciate e che facevano le modelle part-time mentre studiavano Belle arti. Desideravo più di ogni altra cosa di essere vera come quelle ragazze, ma non sapevo come, non conoscevo altro modo per avvicinare quei ragazzi che facendo baldoria con loro. Non mi ritenevo priva di valore, ma non volevo tenere il mio valore per me, e non sapevo come barattarlo.

La mia vita da nottambula adesso si era ridotta al minimo. Ero andata a letto con i fidanzati di troppe ragazze, avevo vomitato in troppi salotti. Avevo smesso di essere piacevolmente divertente e lo ero diventata in modo nevrotico, e comunque mi sentivo troppo vecchia per quella roba.

Avevo preso l'abitudine di frequentare solo uomini molto più grandi di me. Non sapendo cosa fare di me stessa, era facile inciampare nelle loro vite. Con loro era meno importante che fossi veramente bella, straordinaria o interessante. In generale ero ancora molto giovane, anche se non così tanto da essere una novità nella scena notturna. Ero giovane quanto bastava per affascinarli solo in virtù della mia giovinezza, un monumento a tutto ciò che ormai gli era precluso.

Uno di questi l'ho conosciuto alla presentazione di un libro non molto prima di incontrare Ciaran. Lavorava come editor per una piccola casa editrice indipendente di poesia ed era americano. Portava strambi occhiali dalla montatura spessa, gilet di lana e aveva un tono di voce stridulo e inconsapevolmente alto, che è il motivo per cui l'ho notato all'inizio. Ha parlato con un amico per tutta la tediosa presentazione del libro, e il suo menefreghismo mi ha fatto ridere. L'amico rispondeva bisbigliando e cercava di zittirlo, ma l'editor non sembrava accorgersene e continuava a sparare la sua parlata californiana piatta e strascicata. Ha incrociato il mio sguardo e ha sorriso, e per il resto della serata abbiamo bevuto insieme.

Era incredibile, in un certo senso, vedere uomini non particolarmente attraenti convinti però, più o meno giustamente, di poter avere e fare quello che volevano. Avevo sempre calcolato con precisione scientifica la bellezza relativa delle persone con cui volevo stare, e mi tenevo alla larga da quelli fuori dalla mia portata. Ma poi vedevi tipi come questo farsi strada nel mondo, afferrando, allegri e spensierati, qualsiasi cosa luccicasse intorno a loro. Non sentivano il bisogno di raggiungere un accordo, semplicemente avanzavano verso di te, magari con un sorrisetto imbarazzato, e la loro presunzione era talmente assurda e invidiabile da diventare affascinante.

«Ho una specie di fidanzata» mi ha alitato in bocca dopo avermi spinto contro il muro.

«Ok» ho risposto io, poi ho alzato gli occhi al cielo e l'ho baciato di nuovo.

La prima volta che mi ha portato a casa sua, qualche settimana dopo, ho perso immediatamente il vantaggio che pensavo di avere. Era ricco. Abitava in un enorme appartamento con due camere da letto a Merrion Square, tutto in morbidi tessuti felpati e tonalità del beige. Una piccola corgi assonnata che si chiamava Dots ci osservava dal divano. Essere giovane e bella a volte ti faceva sentire importante, era come se potesse tramutarsi in un potere reale, ma i soldi hanno sempre guastato tutto.

Mi ha portato a letto, dove sono stata stranamente timida. La maestosità della casa mi opprimeva, la mia biancheria da quattro soldi comprata al centro commerciale appariva rozza. Alla fine mi ha spogliato completamente e mi ha fatto sdraiare, si è messo a cavalcioni su di me spostando con pazienza le mie mani ogni volta che tornavano a proteggere le mie parti più imbarazzanti. Ha continuato così finché non ho smesso e me ne sono rimasta sdraiata immobile sotto il suo sguardo. Sembrava così felice di guardarmi. Ha toccato ogni mia parte, e mi ha baciato la fronte con gentilezza.

«Lo desideravo da così tanto tempo» ha detto. «Dalla prima volta che ti ho visto».

«Anch'io» ho risposto, ma sapevo di non essere sincera. Non volevo andare a letto con lui. Non l'avrei mai voluto, avrei voluto solo che continuassimo a parlare, svegliarmi con i suoi messaggi, divertirci. Avrei voluto che i nostri casti appuntamenti per un caffè andassero avanti, senza finire mai, e sapevo che questo, il sesso, era la fine.

Per certi versi è stato bello, perché lui era eccitatissimo e io ne ero gratificata, ma ogni cosa che mi faceva mi riempiva di tristezza. Ogni cosa che faceva era una nuova fine. Quando abbiamo fatto tutte le cose possibili, lui si è addormentato e io mi sono stretta alla sua pancia così solida e morbida da rassicurarmi – paterna, diversissima da quella dei ragazzini indie – e ho pianto.

La mattina dopo mi sono svegliata prima di lui e sono andata in cucina a bere dell'acqua. Ho fatto un giro e ho notato cose che la notte prima ero troppo ubriaca per notare. Una stanza aveva le pareti interamente coperte di libri, emanava una sensazione di conforto e stabilità. C'erano poltrone in diversi angoli, dove due persone potevano sedersi a leggere in felice silenzio per tutta la giornata per poi incontrarsi nuovamente quando era sera e arrivava il momento di ritrovarsi insieme. Ho accarezzato Dots, che ansimava felice, e dalla finestra ho guardato la piazza immaginando come sarebbe stato portarla a spasso tutte le mattine e tutte le sere, una routine assolutamente regolare, una vita in cui ti svegliavi e sapevi cosa fare.

Sono tornata in camera e ho notato un paio di tacchi alti, una boccetta di profumo e della crema Avène in un angolo accanto al letto dove avevo dormito. *La sua fidanzata*, ho pensato, *avrà l'età di mia madre*. Ecco una vera vita, una vita reale, e io c'ero entrata trascinandomi dietro il mio fango. Non mi ero mai sentita così poco umana, così usa-e-getta, inconsistente e costruita solo per adempiere a una funzione. Ha chiamato un taxi che mi portasse a casa e sapevo che non si sarebbe più fatto vivo, e così è stato.

8.

All'epoca lavoravo come cameriera in una hamburgheria hipster, ero schizzata per tutto quel correre di qua e di là e per la coca che tiravamo nei bagni durante i doppi turni. Io e la mia amica Lisa abitavamo insieme in una casa che chiamavamo "lo Chalet" perché aveva degli strani soffitti bassi in legno che davano l'impressione di inghiottirti. Ci eravamo conosciute a un orribile evento per matricole durante la nostra prima settimana a Dublino, entrambe imbronciate e in disparte, gli occhi chiusi in un angosciato sollievo. Lisa veniva da una cittadina ritenuta ancora più insignificante e posticcia della mia dai dublinesi spocchiosi: per loro chiunque vivesse fuori dai sobborghi desolatamente provinciali della capitale era un buzzurro, un contadino rozzo e incestuoso.

Abbiamo subito legato e siamo rimaste amiche anche dopo che ho deciso da un giorno all'altro di mollare l'università. Quando diceva di voler andare a ballare, mi stupivo che intendesse letteralmente ballare e che non fosse invece un eufemismo per ubriacarsi. Anche se bevevo molto più di lei, apprezzavo che non me lo facesse mai notare, o che nemmeno lei sembrasse farci caso. Era ingenua, socievole e raramente sola. Non sembrava minimamente desiderare l'anonimato o la riservatezza della solitudine. Era una cosa che ammiravo, la sua genuinità e bontà, consapevole com'ero che il mio bisogno di compagnia fosse di tutt'altra natura, ovvero vincolante e distruttivo quando non veniva soddisfatto.

Siamo andate a vivere insieme dopo la sua laurea e lavoravamo entrambe come cameriere a tempo pieno o quasi, a seconda dei capricci del nostro capo. Passavamo le giornate libere rannicchiate sotto le coperte e i pile sul nostro orrendo divano consunto, ascoltando la radio e scrivendo sui nostri taccuini, o mandando mail o "facendo ricerche", che per me significava leggere su Wikipedia storie di serial killer poco noti e appuntare dettagli che mi colpivano: "Mentre la teneva in ostaggio, ha dato da leggere alla vittima *L'isola del tesoro* e ha guardato con lei *Hook – Capitan Uncino*". Oppure: "Il killer riusciva ad appagarsi sessualmente in modo adolescenziale ritagliando buchi su foto di donne".

Bevevamo tè forte lasciando le bustine a mollo e fumavamo una sigaretta dopo l'altra, e a volte, a fine giornata, facevamo i cruciverba insieme. Preparavamo pasti a base di legumi in scatola e verdure avvizzite con una marea di aglio, pomodori tagliuzzati e acciughe. Rompevamo un uovo praticamente su tutto e ripulivamo il piatto con gli avanzi del pane che portavamo a casa dai ristoranti dove lavoravamo. Anche se ero irrequieta come Lisa non sarebbe mai stata, in ansiosa attesa di cosa sarebbe successo dopo, questa nostra unione domestica mi calmava. Ammiravo la sua capacità di trasformare ogni posto in una casa: a pochi giorni dal nostro arrivo, anche l'orrendo bagno umido aveva fronzoli appesi e statuette e sembrava nostro.

Era così tutta d'un pezzo che certe volte non sapevo risponderle se non alzando gli occhi al cielo, come se i suoi picnic, le cene senza alcol con fiori commestibili e interi pesci arrosto e le avventure sulla metropolitana mi sembrassero un affronto. Di fatto, avrei voluto desiderarli, mi sarebbe piaciuto vivere una vita così. O piuttosto mi sarebbe piaciuto *dare l'idea* di vivere una vita così. Trovavo buone tutte le cose che Lisa faceva per sincero piacere, ma non per questo le volevo. Pensavo che una vita così – pulita, gentile e di nobili sentimenti – mi avrebbe garantito ciò che volevo veramente, ovvero conquistare più gente possibile, le loro attenzioni, il loro desiderio, la loro curiosità.

A volte pensavo alle persone come Lisa – persone che non perdono mai il controllo, che non eccedono mai in niente, che non sono mai sveglie dopo l'una di notte – con un sentimento simile al dispregio. Apprezzavo ciò che credevo essere la mia natura libera, la mia determinazione a fare sempre ciò che volevo, la mia abilità nel farmi trascinare da qualunque istinto fisico basilare. Nel mio modo di stare al mondo non c'era una forma di verità che le persone più caute erano troppo timide per perseguire? La cosa di cui non mi accorgevo era che forse Lisa stava facendo esattamente ciò che voleva, che ciò che voleva era proprio vivere in quel modo calmo e benevolo. Non lo credevo possibile perché non riuscivo a comprendere come qualcuno potesse bere senza provare il desiderio di continuare a bere. Non capivo che alcuni quel desiderio non lo provano affatto.

Certe sere si sedeva e apriva una bottiglia di rosso rubata al lavoro, ne beveva un piccolo sorso, e poi uno più grande, sospirava soddisfatta, metteva giù il bicchiere e lo finiva nel giro di un'ora o due leggendo oppure mentre era indaffarata in cucina. Gustarsi il primo bicchiere di vino per me era un concetto alieno, io che lo prosciugavo nel tempo di una rapida smorfia, con il sapore marcio e acidulo dell'alcol che si andava a sommare ai postumi della sbornia precedente finché il secondo bicchiere non faceva effetto.

Per il mio ventunesimo compleanno ho organizzato una festa a casa nostra. Lisa e la sua nuova fidanzata Hen erano in cucina a prepararmi la torta. Mentre mi vestivo in camera mia, sentivo al piano di sotto il dolce ronzio delle loro chiacchiere svenevoli da innamorate, e tubavano mentre scendevo la scala a chiocciola dello Chalet nel mio abito rosso lungo fino a terra.

Lisa aveva fatto una cosa che ai miei occhi appariva tanto impossibile quanto bere moderatamente: era rimasta single – single davvero, non single che ogni tanto usciva con qualcuno – finché non aveva trovato la persona giusta. Quando ci frequentavamo quasi non aveva ancora baciato nessuno e in cuor mio mi chiedevo come facesse a non sentirsi annoiata o sola, anche se sapevo che era il modo migliore di vivere. Con la moderazione finivi per guadagnarti la storia d'amore.

Per Lisa era stato così, si era fatta una sua vita, una di quelle felici e complete. Poi era arrivata Hen e la faccenda si era chiusa. Erano innamorate e non c'era nulla di tormentato o umiliante nel loro amore. Era come dicevano sarebbe stato, e sapevo che a me non sarebbe mai capitato perché non riuscivo a trascorrere una giornata, figuriamoci interi anni, senza guardarmi intorno in cerca di qualcuno per cui provare qualcosa.

Ricordo che un mucchio di gente si complimentava per la solennità del mio abito, e mi chiedevano di girare su me stessa così da farlo gonfiare in una nuvola rossa, e mi dicevano che ero bellissima e buffa. Ricordo che a un certo punto tutti volevano andare in un bar, e che ho avuto un battibecco con un vicino dopo che eravamo usciti di casa e ci eravamo attardati sul marciapiede a fumare e aspettare gli altri. Ricordo il braccio di Lisa sul mio mentre maltrattavo il vicino, sfrontata e sicura del mio fascino da compleanno. Poi non ricordo più niente fino al pomeriggio successivo, quando mi sono svegliata inspiegabilmente nel letto di Lisa invece che nel mio.

Ho sceso le scale cautamente, la percezione della profondità azzerata, e ho visto Lisa sbarazzarsi di cartoni della pizza e lattine traboccanti di cenere.

«Ehi, cos'è successo ieri notte?» ho detto, cercando di suonare disinvolta, una risata nella voce, lo stomaco teso dal terrore. «Perché ero nel tuo letto?».

«Avevi perso sangue nel tuo e ti sei messa a girovagare, così ti ho messa nel mio dopo aver ripulito».

Stava riordinando la casa e non avrebbe alzato gli occhi per incrociare i miei.

«Oh, mio dio, mi dispiace, Lisa. Devo essermi tolta l'assorbente da ubriaca o una roba del genere. Gesù, mi dispiace davvero».

«Eri lì con Peter» ha detto, aggrottando la fronte perché era di questo che si trattava e perché toccava a lei dirmelo.

Peter era il fidanzato tira-e-molla di una nostra cara amica, un tesoro di ragazza che si chiamava Greta, del tutto inconsapevole della promiscuità di lui, e per questo guardata con commiserazione da chiunque ne fosse al corrente.

Ero senza parole, così ho riso in modo stridulo e ho ripetuto: «Oh, mio dio!», come se ciò che aveva appena detto fosse un banale inconveniente, come rovesciare un bicchiere di vino. Poi mi ha guardato, e quel che mi ha distrutto è stato leggere nei suoi occhi una turbata preoccupazione, più forte del disprezzo. In quel momento ho capito che Lisa, e solo Lisa, riusciva a vedermi per quella che ero. Solo lei riusciva a vedere tutto il bisogno che avevo dentro e che non avrebbe mai smesso di riversarsi fuori, rovinando tutto ciò che toccavo, e non mi odiava per questo, ma le dispiaceva per me. Questa consapevolezza spaventosa e istantanea mi ha spiazzata e sono indietreggiata, voltandomi e tornando di sopra finché non l'ho sentita uscire.

È stato non molto tempo dopo la festa che Lisa mi ha detto che andava a vivere a Berlino con Hen. Una parte di me era sollevata. Non riuscivo a sopportare di abitare ancora con lei dopo che mi aveva guardato in quel modo quella mattina, ma non sopportavo nemmeno che mi lasciasse. Non la volevo vicina, perché era l'unica capace di vedermi per quella che ero, ma per la stessa ragione non potevo perderla.

Nei mesi prima della sua partenza ho fatto in modo di comportarmi da amica fedele e devota. Cercavo di dirle senza parole che avevo bisogno di lei, che di tutte le cose di cui avevo bisogno lei era l'unica buona, e che avrei avuto bisogno di lei ancora di più dopo la sua partenza. Ha promesso che non avrebbe smesso di essermi amica solo perché cambiava città, e ha perlopiù mantenuto la parola.

9.

Dopo il nostro primo appuntamento, io e Ciaran ci siamo visti qualche altra volta. Io finivo il turno al ristorante a tarda sera e andavo da lui a piedi o in taxi. Abitava in una casa al pianterreno vicino alla prigione di Kilmainham. I miei orari non erano un problema. Non dormiva mai bene e si addormentava davvero soltanto tra le quattro e le otto del mattino. Mi riempiva la vasca da bagno e me ne stavo a mollo per un po', ascoltandolo canticchiare mentre preparava il tè o la cioccolata calda e metteva dei biscotti stantii su un piattino.

Non beveva tanto e non gli importava nulla del cibo. Aveva perso l'olfatto e buona parte del gusto in un incidente d'auto quando era bambino, e a casa aveva solo lo stretto necessario: grandi scorte di muesli insipido, barattoli di ceci, riso. Appena svuotavo la vasca, mi passava una maglietta e un paio di suoi vecchi boxer lunghi di cotone a nido d'ape, morbidi per l'usura e pieni di buchi. Anche se la notte mi fermavo spesso da lui non mi portavo mai le cose per dormire. Mi piaceva la sensazione dei suoi vestiti sulla pelle e sentire il profumo del suo sapone Pears.

Poi ci sedevamo sul divano ad abbracciarci e a toccarci lentamente, raccontandoci sottovoce le nostre giornate. Quelle sere eravamo così gentili. Ridevamo piano, con indulgenza, delle piccole osservazioni che ci facevamo. Ci toccavamo con una tale cura e delicatezza, come se avessimo paura di rompere la novità che eravamo l'uno per l'altra.

Quando abbiamo fatto sesso la prima volta ero fuori di me dalla gioia, perché ciò che stava succedendo tra noi era evidentemente giusto. La sua bocca aveva un profumo perfetto che quasi riuscivo ad assaporare – sapevo che qualsiasi cosa generasse quel profumo indefinibile era anche nella chimica che avvicinava i nostri corpi.

(Qualche settimana dopo, al lavoro, uno dei cuochi ha composto un'essenza di tartufo. Me l'ha passata dicendo: «Annusala!». Me la sono sventolata sotto il naso e ho pensato all'istante, *È Ciaran*).

Quasi tutte le sere ascoltavamo dischi. A lui piacevano Bob Dylan e Hank Williams, e anche a me. Certe volte noleggiavamo dei film e li guardavamo nel suo letto. Lui era così grande che potevo rannicchiarmi sul suo grembo senza dargli noia. Guardavamo filmacci di serie B degli anni Cinquanta, che amavamo entrambi ma che lui trovava particolarmente divertenti. Ero sempre curiosa di capire cos'avrebbe trovato divertente o cosa lo avrebbe reso felice. Era talmente solenne.

All'inizio sembrava la solennità di un bambino che scopre il mondo intorno a sé; una solennità innocente o anche ammirevole, un impulso necessario causato dalle nuove informazioni. Forse era così perché era a Dublino da poco, pensavo. Ma quando ci siamo conosciuti meglio, ho iniziato a vedere il lato oscuro di quella solennità.

Era arrabbiato per un bel po' di cose, disgustato da ancora più cose. Non capiva eventi che a me sembravano perfettamente normali, se non ideali. Quando le domeniche passeggiavamo su Merrion Square o a Phoenix Park, i bambini per strada a volte gli urlavano insulti per via degli occhiali o degli abiti sciatti. Diventava incandescente di rabbia. «Perché fanno così?» mi chiedeva, guardandosi alle spalle come se ci volesse litigare. Io cercavo di allontanarlo nel modo più gentile possibile, simpatizzando con lui e dandogli ragione.

Le nostre conversazioni nel suo appartamento a volte diventavano invettive di mezz'ora su un senzatetto per strada che in qualche modo l'aveva offeso, o un artista che era stato scortese con lui. Alla fine si alzava, rollando furiosamente una sigaretta, e camminava su e giù fumando mentre raccontava l'affronto subìto. La sua rabbia era sempre contenuta abbastanza da non allarmarmi, e di fatto c'era qualcosa di corroborante in quel suo sfogarsi con me, qualcosa che ci univa e ci legava.

Io gli offrivo comicamente un'empatia sproporzionata, gli strattonavo la manica sbrindellata mentre faceva avanti e indietro e lo attiravo sul divano. «Oh, povero bambino» esclamavo esultante, gli cullavo la testa sul mio petto e gli coprivo il volto con una valanga di baci finché non riuscivo a farlo ridere.

10.

A fine maggio ho chiesto a Ciaran di accompagnarmi a un reading di alcuni miei amici in una galleria. Li aveva già incontrati di sfuggita, o li aveva visti alle inaugurazioni. Era la prima volta che arrivavamo insieme a un evento come una vera coppia. Dal mio punto di vista, passavamo già così tanto tempo insieme che di fatto eravamo una coppia, a prescindere da come volessimo definirci.

Ciaran era stato irascibile e glaciale sin dall'inizio. Non voleva venire, ma eravamo già d'accordo di vederci quella sera, e non aveva alcuna valida ragione per mancare all'appuntamento. Mentre eravamo tutti lì a chiacchierare, lui rimaneva zitto, lo sguardo fisso al di sopra delle nostre teste come se fosse disturbato da una qualche presenza a noi invisibile.

Ho colto diverse occhiate tra i presenti che sembravano essersi accorti del suo strano comportamento. In passato l'avevo già visto silenzioso quand'eravamo in compagnia, ma mai così sgarbato. Ero imbarazzata, e per compensare parlavo più forte e più veloce. Gli tenevo la mano con dolcezza, e, quando abbiamo cominciato a parlare di una rivista per cui lui lavorava saltuariamente, gli ho fatto una domanda. Lui ha annuito appena e ha continuato a guardare altrove, sfilando la mano dalla mia e mettendosela in tasca.

Durante il reading aveva il viso immobilizzato in un'espressione di disprezzo così esagerata da risultare comica. Guardavo davanti a me sperando che nessun altro la notasse. Dopo la lettura, l'ho preso per una manica e l'ho trascinato fuori per evitare di restare intrappolati in altre chiacchiere.

«Cosa fai?» ha detto, scrollandomi via.

«Perché ti comporti in modo così maleducato?».

Non sopportavo di essere sul punto di piangere, ma lo ero. Avevo atteso con impazienza di partecipare a quest'evento con lui, di presentarlo alla gente, di essere vista con il mio ragazzo bello e interessante.

«Era uno schifo di reading».

Ha scosso la testa, cercando il tabacco nella borsa. Quando ha rialzato lo sguardo, ha visto che stavo per piangere. Ha osservato le lacrime e mi ha fissata negli occhi, sporgendo la mascella e arricciando la bocca in un'esagerata smorfia di disgusto che avrei imparato a conoscere molto bene e avrei detestato con tutta me stessa.

«Certo che faceva schifo!» ho detto. «Era solo uno stupido reading. È quello che si fa, si va agli eventi organizzati dagli amici per sostenerli, e si finge che siano belli anche se non lo sono».

«Quelle persone non sono i miei amici. Solo perché io e te andiamo a letto insieme non significa che siano miei amici».

Non sapevo cosa rispondere. "Andare a letto insieme" era la meno generosa delle interpretazioni di quello che c'era tra noi e poteva avere soltanto l'obiettivo di ferirmi. Ho abbassato la testa cedendo alle lacrime, consapevole del fatto che persone che conoscevo mi osservavano dal portico della galleria bisbigliando tra loro.

«Che c'è?» ha detto. «Vuoi che ti dica che mi sto innamorando di te? Perché non è così».

«No» ho detto, e sentendomi ormai priva di energia per fare quello che stavamo facendo, mi sono voltata e incamminata verso casa.

11.

Era la prima volta che si comportava in modo così algido con me, anche se avevo già intravisto la sua freddezza in passato.

Una sera nella sua cucina stavamo parlando di Chris Burden, un artista che conoscevo per una performance in cui si era fatto sparare a una spalla. A Ciaran si sono illuminati gli occhi, ha detto che avrei dovuto leggere di *TV Hijack*. Ha preso il cellulare e mi ha mostrato la foto di un uomo in piedi con la mano premuta sulla gola di una donna seduta davanti a lui. Il fondale era azzurro acceso. La donna sembrava lottare per liberarsi dalla presa dell'uomo.

Ciaran mi ha spiegato di cosa si trattava. Era uno dei primi lavori di Burden, nato dall'interesse per la televisione, che sarebbe stato più notoriamente illustrato nel lavoro successivo, *TV Ads*. Le circostanze che l'avevano portato a realizzare *TV Hijack* erano queste: una critica d'arte che si chiamava Phyllis Lutjeans aveva chiesto a Burden di fare una performance per un programma di arte e cultura che conduceva su una tv locale. Diverse proposte di Burden erano state respinte dall'emittente televisiva o dalla Lutjeans, e così lui aveva accettato di rilasciare invece un'intervista. Aveva insistito affinché avvenisse in diretta.

Phyllis Lutjeans aveva iniziato chiedendogli di parlare di alcune delle performance che aveva proposto e che alla fine erano state bocciate. A quel punto, Burden si era messo in piedi dietro di lei e le aveva puntato un coltello alla gola.

Aveva minacciato di ucciderla se l'emittente televisiva avesse interrotto la trasmissione. Poi era entrato nel dettaglio di ciò che avrebbe voluto fare, ovvero costringerla a compiere atti osceni in diretta.

La Lutjeans non era a conoscenza dei piani di Burden. La paura e l'umiliazione erano reali.

Io ascoltavo Ciaran, e fissavo la foto con crescente disagio.

«Non lo sapeva?» ho chiesto. «Ha tirato fuori un coltello senza avvisarla?».

«Non è questo il punto» ha detto. «E comunque, non le importava. Lo ha dichiarato in seguito».

Successivamente ho trovato delle interviste in cui lei confermava di non essere stata complice, di essere rimasta scioccata e spaventata, ma difendeva la performance: era semplicemente nello stile di Burden.

Ho ragionato su quale fosse l'alternativa. Ho pensato a Phyllis Lutjeans che si liberava dalla presa di Burden e ruotava con la sedia per guardarlo in faccia, che cercava il suo viso, l'attimo in cui doveva decidere se piangere e urlargli contro, o fargli l'occhiolino.

Cosa scegliere? Diventare famosa come provocatorio oggetto di scena nell'opera di un grande uomo, una vittima sacrificata agli dèi dell'arte, oppure fare sì con la testa e applaudire? Puoi sedere al tavolo dei pezzi grossi per essere stata un tale spasso. E allora continui: ah-ah-ah.

2019, Atene

Scendere a patti col proprio vittimismo fa solo parte dell'essere donna. Usarlo o negarlo, odiarlo o amarlo, e tutte queste cose insieme. Essere una vittima è noioso per chiunque sia coinvolto. Per me è noioso presentarmi attraverso esperienze che vengono costantemente strumentalizzate come espedienti narrativi nelle telenovelas e sui giornali scandalistici.

È per questo che mi vergogno così tanto di parlare di alcuni eventi, o di trovarli interessanti? Fa parte dell'orrore dell'essere genericamente feriti. Le tue esperienze sono così comuni che diventa impossibile parlarne in modo interessante.

Se voglio raccontare qualcosa della mia sofferenza, sento la mia voce entrare nel canone delle Donne Che Sono State Ferite, diventando sconosciuta, non-mia.

Non posso, e nemmeno voglio, fare in modo di essere capita. Perché dovrei rendere la mia esperienza particolare, e a che pro? Dovrei parlare di stupro?

Ero arrabbiata perché mi aveva reso reale, in quel modo, contro la mia volontà. C'è una buona ragione per cui non viviamo costantemente nel nostro corpo, e quell'evento mi ci ha intrappolata per un bel po', finché non sono riuscita a venirne fuori di nuovo.

La sua funzionalità mi ha depresso, il sentirmi così prosaica. Il mio corpo non era glorioso né miracoloso né vivo, era solo un oggetto da usare. Più che rattristarmi o stupirmi, questa cosa mi annoiava: mi guardavo, dozzinale, inelegante e abusata, e pensavo, *E allora?*

A farmi arrabbiare di più non è stato l'atto del sesso non voluto, ma il tedioso promemoria che gli uomini spesso possono fare quello che vogliono e che alcuni di loro lo fanno. Lo so che non è di moda parlare di stupro come se fosse sesso (è implicito che lo stupro sia violento, a differenza dell'atto sessuale; non può essere entrambe le cose? E talvolta più l'una che l'altra?) ma a me è sembrato molto simile al sesso. Da un punto di vista puramente fisico non è stato poi così diverso da alcune esperienze di brutto sesso consensuale che avevo avuto, quando avevo capito all'istante che avrei preferito chiuderla lì, ma ho continuato per educazione, fingendo di godere perché finisse prima.

Sarebbe più facile se potessi disegnare una riga al centro della casa, e mettere lo stupro da una parte e il sesso dall'altra. Ho fatto sesso senza volerlo molte volte in vita mia. Solo una volta ho protestato e sono stata sopraffatta.

Non sento alcuna affinità tra me e altre donne che sono state ferite allo stesso modo, nessuna trama di sorellanza lega le nostre esperienze. La tenerezza implicita nella persona (io) che è stata violentata, la sua presunta mitezza, arrendevolezza mi disgusta – la femminilità di tutto questo mi disgusta.

Mi vergogno di me per questo? Certo che sì; abbastanza; un poco.

12.

Qualche giorno dopo la nostra lite al reading, Ciaran mi ha chiamato per chiedermi se poteva venire da me. Convinta che volesse lasciarmi, mi sono seduta ad aspettare la batosta. Quando è arrivato, aveva gli occhi lucidi ed era affettuoso come non mai.

Siamo rimasti a lungo seduti accanto, senza toccarci. Stavo per dire che mi ero comportata da idiota, che volevo dimenticasse l'intera serata, non potevamo tornare semplicemente a com'eravamo prima, qualsiasi cosa fosse? Non potevamo... ti prego, ti prego, ti prego?

Prima che riuscissi a lanciarmi in un monologo del genere, lui ha cominciato a parlare. Come sempre quando affrontava questioni personali, sembrava fisicamente provato e non riusciva ad alzare lo sguardo, ma si sforzava di fare il discorso che si era preparato.

Gli dispiaceva.

Dovevo capire che quanto era successo tra lui e Freja, la sua ex, l'aveva segnato. L'aveva tradito, non con un uomo solo, ma con diversi uomini, non in circostanze isolate ma per tutta la durata della loro relazione. Era stata la prima donna che lui aveva amato, e quando aveva scoperto i tradimenti era iniziato un lungo periodo di brutti litigi, seguiti da riappacificazioni piene di lacrime, urla a tarda notte, seguite a loro volta da uscite, bevute e scopate vendicative con donne sconosciute.

Erano legati in modo così inestricabile che lui non pensava sarebbero mai riusciti a liberarsi l'uno dell'altra. Solo dopo aver deciso di trasferirsi in Irlanda, quando suo padre si era ammalato, aveva intravisto la possibilità di rompere definitivamente.

«Devi capire» ha detto «che i momenti migliori della mia vita li ho passati con Freja. Non è una persona cattiva».

Ho socchiuso le palpebre.

«Ha fatto cose terribili» ha detto «ma solo perché era infelice. La faceva soffrire comportarsi così con me. La odio, ma continuo ad amarla. Mi capisci?».

La mia mente si muoveva in due direzioni per assorbire e respingere in modo selettivo tutte le cose che mi stava dicendo. Gli dispiaceva: bene. Si stava aprendo con me sul suo passato: bene. La amava: male.

«Sì» ho detto, cercando di comportarmi da persona matura.

«Ho sofferto così tanto che, da allora, non ho voluto legarmi a nessuna. Ero esausto. Non voglio più essere ferito, né ferire. Ma voglio provarci. Non voglio ferirti» ha detto, e in quel momento ricordo di aver pensato, in modo chiarissimo, che non avrei potuto ferirlo. Ricordo l'orgoglio che ho provato. Mi sono ripromessa che avrei fatto in modo che si fidasse di me. Avrei ricostruito ciò che lei gli aveva portato via.

A quel punto ha premuto la fronte rovente sulla mia, abbiamo chiuso gli occhi ed eravamo insieme.

novembre 2012

1.

Separavo la mia vita con Ciaran dalla mia vita con gli amici. Di tanto in tanto continuavo a portarlo con me, ma solo se si trattava di grandi eventi pubblici dove non occorreva restare a lungo o parlare con la gente. Anche se di rado si è comportato in modo così sgarbato come a quel reading dove avevamo litigato, non era bravo a fingere di divertirsi.

Alla fine mi era parso più facile lasciargli fare quello che gli andava, e vedere i miei amici per conto mio. A volte mi seccava che non si piacessero, ma finiva lì. Preferivo comunque stare con Ciaran da sola.

Adesso capitava meno di frequente che fosse imbronciato e arrabbiato. Quando si lamentava, lo faceva con autoironia e riconosceva di comportarsi come un vecchio scorbutico.

Le temperature erano scese e lui se ne andava in giro con una vecchia giacca da marinaio consunta, guanti senza dita e una sciarpa sottile e inutile di tartan. Non ricordo una sola lite in quel periodo. Stavo attraversando la nostra relazione con assoluta fermezza. Ogni settimana che passava, mi sentivo più sicura e più a mio agio con lui; lo scorrere del tempo legittimava il nostro stare insieme ed ero particolarmente felice ogni volta che iniziava un nuovo mese.

Ci eravamo conosciuti in aprile, e adesso era novembre. Avevamo trascorso insieme due intere stagioni e ci stavamo avviando verso la successiva.

2.

Erano le due di notte di un sabato o di una domenica. Avevamo appena fatto sesso; ero andata in cucina a prendere l'acqua, e mentre mi rimettevo sotto le coperte lui ha chiesto: «Con quante persone sei andata a letto?».

«Perché?» ho risposto, con un tono di voce neutrale e basso.

«Di recente ne parlavo con qualcuno al lavoro e la conversazione si è fatta interessante. Me lo chiedevo e basta».

Ho pensato a Freja che l'aveva tradito con diversi uomini. Ho fatto qualche rapido calcolo: di quanti fidanzati gli avevo parlato, a chi altro avevo forse alluso, quale sarebbe potuta essere una bugia ragionevole.

«Nove» ho detto.

«Visto?» ha detto lui velocissimo, raddrizzando la schiena e voltandosi verso di me come aspettandoselo. «Anch'io sono andato a letto con nove persone, e tu sei più giovane di me. Tutti quelli che conosco sono andati a letto con più gente di me. Che problema hanno? Lo fanno con chi capita?».

Non sapevo con quante persone fossi andata a letto. Probabilmente all'epoca erano una trentina, forse di più. Subito dopo essere andata via di casa avevo sprecato una considerevole quantità di tempo bevendo, e non potevo né volevo ricordare esattamente cosa fosse successo.

Non è stata la bugia a darmi fastidio, ma la velocità con cui l'avevo detta.

3.

All'epoca bevevo di meno, ed esageravo solo quando ero in compagnia. A Ciaran facevano schifo gli ubriachi e diceva che non gli piaceva sbronzarsi, ma a volte, nei fine settimana, ce ne stavamo fuori dallo Stag's Head e dopo due o tre pinte lui diventava alticcio.

Amavo che si ubriacasse. Amavo ubriacarmi con lui. Non era un buon bevitore come me, lui era un ottimo bevitore. La sua serietà svaniva, e diventava eccitabile e divertente. Gli occhi gli si velavano di un'annebbiata tenerezza e diventava goffamente affettuoso come un bambino, mi prendeva tra le braccia, mi faceva girare, mi stringeva a sé e mi ricopriva di baci. Era felice, cosa che da sobrio non gli succedeva da tempo. Ovviamente era una falsa felicità, ma dal momento che era così frequente e facile da ottenere, chi può biasimarmi se ci credevo?

Il sabato sera, su mia richiesta, potevamo bere White Russian, guardare film dell'orrore e ascoltare dischi fino all'alba. Ed era anche meglio: quando eravamo soli a volte si lasciava andare, beveva fino a ubriacarsi davvero, e ballavamo in soggiorno, ridendo a crepapelle.

Lo bloccavo sul divano, gli facevo il solletico, premevo la bocca su quel posto incredibile tra l'ombelico e la fibbia della cintura e lui strillava e si divincolava. Cadevamo tutti e due sul pavimento, palpandoci frastornati. Quelle notti scopavamo lì, sul vecchio tappeto consunto, arrossati e senza fiato per la lotta. Al mattino mi spaventavo per le contusioni infiammate sulle ginocchia o sulla schiena e poi capivo con un sorriso come me le ero procurate.

L'incidente delle sue poesie su Freja è avvenuto all'inizio di una di quelle serate.

Eravamo in un bar vicino a casa sua, un locale finto-trasandato con le insegne al neon e la segatura sul pavimento. Eravamo seduti al bancone su sgabelli girevoli, occhi negli occhi, le mani dell'uno sulle gambe dell'altra, o a giocherellare sul collo, o ad accarezzare le labbra, toccando sempre qualcosa.

Parlavamo della scrittura di Ciaran. Adesso aveva una posizione abbastanza sicura da potersi prendere un giorno libero in più alla settimana per dedicarsi al suo lavoro creativo. Non mi aveva mai permesso di leggere niente di ciò che scriveva a parte le recensioni e i saggi accademici, molti nemmeno li capivo. Stava parlando di una serie di poesie che aveva iniziato a scrivere. Io annuivo, sentendomi orgogliosa e incoraggiante, quando qualcosa è sfuggito da sotto il velo dell'ubriacatura.

«... e quel capitolo includerà le poesie su Freja...».

Dalla nostra conversazione di sei mesi prima, il nome di Freja era saltato fuori raramente. E a me andava bene così. Ero talmente decisa e certa che le cose tra me e Ciaran sarebbero state perfette che non avevo spazio per lei.

«Quali poesie?» ho chiesto, con il cuore che batteva rapido.

«Non te ne ho parlato?» ha detto bevendo un sorso di birra. «Sto scrivendo una serie di poesie su di lei e la nostra relazione, soprattutto sui primi tempi quando abitavamo a Oslo».

Ho annuito lentamente, elaborando la cosa, valutandola il più rapidamente possibile.

Non farne una tragedia, mi sono detta. Ero pragmatica, già in modalità panico, e tentavo di recuperare la mia flemma. (Cosa avrebbe tollerato la gente di me? Quali dei miei bisogni potevo ragionevolmente pretendere di soddisfare?).

(Niente, niente, niente).

Sono andata in bagno, mi sono fermata davanti al lavandino e subito, senza pensarci, ho pianto lacrime amare. Era una reazione infantile, lo sapevo, ma faceva male sentirsi ricordare con tanta indifferenza che tutto ciò a cui tenevo era in balìa dei capricci altrui.

Sono uscita dal bagno e mi sono seduta sullo sgabello, toccandogli il viso, stringendogli il ginocchio, sorridendo più che potevo. Sembrava schivo, ma stava anche ridacchiando stupidamente. Con una minuscola punta di disprezzo, ho pensato che se non fosse stato ubriaco non me l'avrebbe detto. Malgrado il suo palese disgusto per gli ubriachi sciatti, anche lui riusciva a esserlo.

«Non sei arrabbiata, vero?».

«No, certo che no. Sono solo sorpresa».

«Bene, bene». Continuava a sorridere in modo vago e idiota, senza guardarmi negli occhi. «Perché di fatto trovo siano abbastanza buone. A Freja sono piaciute molto».

Involontariamente il mio viso ha ceduto, com'era successo qualche istante prima davanti al lavandino.

«Gliele hai mandate? Hai mandato a Freja le poesie che hai scritto per lei?».

«Per avere un suo parere, sì. E ho pensato che le sarebbe piaciuto leggerle. Siamo solo amici, tutto qua».

L'ho guardato incredula, sopraffatta. Non stavo veramente piangendo, era soltanto un crollo fisico che io riuscivo a percepire e che era sicuramente visibile.

Fino a quel momento non mi ero resa conto di quanto diligentemente mi fossi tenuta tutto dentro in quegli ultimi mesi. Era come se il mio corpo stesse trattenendo il fiato da chissà quanto e si fosse appena accorto di non poterlo fare per sempre.

Quello che sentivo era il fallimento della superstizione e dell'incanto – l'inaffidabilità della preghiera.

4.

Quand'ero piccola, il mio gatto è stato investito da una macchina in corsa che non si è fermata. Quella notte è rimasto nel capanno in attesa di essere seppellito.

Dopo che tutti erano andati a dormire, io sono uscita di nascosto nelle tenebre umide e muschiose, e ho tolto la coperta sotto cui giaceva. Gli ho messo la mano sul pancino color zenzero che conoscevo bene, ma logicamente era tutto sbagliato: gelido dove avrebbe dovuto essere caldo, rigido come cartone dove avrebbe dovuto essere morbido.

Di fronte a quelle incongruenze finalmente ho capito che era vero, e non riuscivo a crederci. Ho continuato ad accarezzarlo senza sosta, patteggiando con Dio. Continuavo a pensare, *Se resto qui tutta la notte...* a pensare che forse se avessi strofinato per cento volte quella pancia spaventosa e morta, a pensare, *Ti prego, ti prego, Dio, rimandalo da me, ridammelo, non smetterò di chiedertelo.*

5.

Con Ciaran ho vissuto in costante trattativa per mesi. Ogni giorno in cui per lui era facile stare con me, in cui ero una fidanzata brava e accomodante, era un'offerta sacrificale. Il mio corpo si aspettava che la perseveranza avesse un significato. E di colpo è stato chiaro che le mie intenzioni non avevano alcun senso, e che non potevo convincerlo con la magia ad amarmi, così come non ero riuscita a riportare in vita un animale.

Se ripenso a lui quel giorno quando sono crollata, posso dire che era stato insensibile.

«Dio santo. Non fare la bambina».

Aveva spinto indietro lo sgabello rumorosamente e mi aveva oltrepassato.

«Aspetta» stava dicendo la mia bocca, d'istinto.

Vorrei riuscire a entrare in quel ricordo e farmi forte, toccarmi con una mano fresca e rassicurante e convincermi ad aspettare. A bere un altro bicchiere, calmarmi, tornare a casa. Ma il mio corpo si muoveva senza pensare, affrettandosi a raccogliere le mie cose sotto il bancone, correndo fuori sui binari del tram, guardando da entrambi i lati. Ho visto camminare Ciaran veloce davanti al National Museum. Si muoveva sicuro, senza tradire alcun segno dell'ubriacatura di un attimo prima. Gli sono corsa dietro, urlando debolmente: «Aspetta, aspetta», e afferrandolo per le spalle dopo averlo raggiunto.

Mi ha allontanato con così tanta violenza che stavo per

cadere all'indietro, e poi mi sono messa a piangere e ho continuato a ripetere: «Ti prego».

Ciaran era disgustato dalle lacrime. Qualunque fosse la portata del suo disgusto durante le liti, la vista delle lacrime lo esasperava. Gli occhi diventavano due fessure e perdeva anche l'ultima briciola di affetto o compassione. Si voltava dall'altra parte.

Faceva bene a essere disgustato? Il mio era solo uno spettacolo, una tattica per ottenere empatia? In tal caso era tanto involontaria quanto goffa. Non sono mai riuscita a suscitare alcun sentimento buono o compassionevole, eppure continuavo a piangere. Non deliberatamente. Il pianto mi sembrava impossibile da trattenere come il vomito, e la capacità che aveva di disgustare Ciaran mi faceva solo piangere di più.

Credo che più di tutto odiasse la perdita di controllo. Vedere un adulto piangere è un'esperienza perversa. Un adulto che frigna è al contempo infantile e penosamente sconfitto in un modo estraneo all'infanzia (dannato dalla vastità dell'esperienza, privo della purezza schietta del dolore di un bambino).

Una parte di me aveva già deciso di vivere per lui e lo aveva caricato del grande peso della mia persona. In più, ero così spaventata da lui e da quello che mi faceva che non sarei mai riuscita ad ammettere, a me stessa o a lui, di aver preso una simile decisione.

E così, in momenti come quello, quando inaspettatamente mi ritrovavo faccia a faccia con i miei bisogni, la reazione che avevo era negare la loro esistenza – negarla con tutta me stessa. Da qui i lamentosi: «Scusa» e: «Ti prego», il desiderio di fargli subito dimenticare di avergli mai chiesto qualcosa.

In quei momenti – perché questo è stato solo il primo

di quelli che alla fine sarebbero stati centinaia di momenti, mesi interi, anni, di prostrazione – lo imploravo di guardare quanto in realtà fossi piccola.

Mi raggomitolavo e mi nascondevo per dire che ero niente, ed ero felice di essere niente se il niente era ciò che più lo soddisfaceva. Se il niente era il minore dei guai, allora lo sarei stata, e con gioia. Sarei stata completamente vuota e immobile se era quello che voleva, o rumorosa quanto bastava per riempire i suoi silenzi. Sarei stata vigorosa e vitale se si annoiava, e quando si fosse stancato, sarei diventata prosaica e noiosamente utile come le posate.

Non gli chiedevo amore. Non volevo che guardasse nella mia direzione e mi vedesse; perché non c'era niente che potevo affermare di essere. Mi sono fatta prendere dal panico quando il mio bisogno ha brillato attraverso quel niente, perché era autentico.

Il bisogno era una parte di me vera e umana, ma siccome non riuscivo a sentire nient'altro in me che fosse vero o umano, mi sembrava empio, un'aberrazione.

Ha ripreso a camminare verso casa, ma non ha fatto niente per dissuadermi dal seguirlo. Mi ha ignorato, cosa che potevo tollerare, in quel momento anche godermi, perché era l'occasione migliore per dimostrargli quanto potessi essere buona e silenziosa. Arrivato davanti a casa, si è fermato e si è girato verso di me.

«Puoi entrare, e puoi restare, ma non voglio parlarne stanotte né mai. Io e Freja siamo adulti. Siamo più grandi di te. Abbiamo una relazione complicata ma tu non c'entri niente e non ti riguarda. Chiaro?».

Ho annuito vigorosamente. Quella sera non ho più fiatato, mi sono lavata i denti e spogliata in silenzio. A letto l'ho lasciato voltarsi dall'altra parte, sapevo che l'avrebbe fatto, senza protestare.

All'alba mi sono svegliata. Fuori il cielo era di un grigio acceso e sterile. Mancava poco a Natale.

Ho guardato Ciaran, il volto accigliato nel sonno. Quando dormiva sembrava giovanissimo, la sua magrezza ancora più visibile nella maglietta attillata. Il calore umido che emanava era quello di un bambino sudato e febbricitante. Quando ripenso a lui così, mi viene ancora facilissimo amarlo. Sembrava per certi versi preistorico, in divenire, un animale non ancora pronto a esistere, da cui non aveva senso restare delusi.

Sono scesa dal letto lentamente, lo stomaco una fossa di nausea e terrore. Sono andata nell'ingresso e ho fissato fuori dalla finestra, stiracchiandomi.

Mi sono guardata intorno pensando di mangiare un po' di muesli quando ho visto il cellulare di Ciaran sul tavolo. Ci ho messo un attimo a fare i conti. Era nella fase di sonno più profondo; se si fosse alzato lo avrei sentito; il suo cellulare non aveva una password.

Sapevo che stavo entrando in un territorio da cui non sarei più potuta uscire. Stavo invadendo lui e la sua privacy, pur avendo cercato con tutta me stessa di evitarlo.

Ho aperto il suo account di posta elettronica. Quasi tutte le mail erano per o di Freja. Le ho scorse l'una dopo l'altra. Si erano sentiti quasi tutti i giorni per mesi, per tutto il tempo in cui l'avevo frequentato.

Ho aperto l'ultima che lei gli aveva mandato, subito prima che lo raggiungessi al bar il giorno precedente. Le ho soltanto dato una rapida occhiata, non avevo il coraggio di prendermi il tempo necessario per leggerla tutta. Era lunga, migliaia di parole. Nei primi paragrafi rispondeva criticamente alle poesie che lui le aveva mandato, e poi cominciava a parlare di me.

... Ora che ho letto le tue poesie, tocca a me farmi valere. Cerco di parlarti di noi e tu mi interrompi parlandomi di lei. Sappiamo entrambi

che la usi per arrivare a me e farmi ingelosire. Non ce n'è bisogno. Ci sei riuscito. Sono gelosa. Sono triste. Sono arrabbiata. Non faccio che pensare a voi due, ore sprecate in ufficio a cercare le sue foto online, provando a immaginare cosa vedi in lei.

È carina, questo lo vedo, ma un po' paffutella per te, no? Ti piaceva che fossi alta e magra, al contrario di lei. È per questo che l'hai scelta? Perché è così diversa da me? Sono così tremenda da spingerti a cercare il mio opposto? Dopo tutti questi anni, non ti senti strano a essere a letto con lei invece che con me?

La gente vi ha mai detto che siete una bella coppia, come dicevano sempre a noi? Stavamo bene insieme perché stavamo bene insieme. Te la ricordi la prima notte nella casa nuova a Oslo dopo che abbiamo traslocato e spacchettato tutto? Quando abbiamo finito ci siamo seduti nel portico a bere whiskey e guardare la nostra nuova casa, e una donna anziana è passata lì davanti e si è fermata. Ci ha osservato e ha detto: «Siete la coppia più bella che abbia mai visto» e abbiamo riso, e andando via ha aggiunto: «Siate gentili l'uno con l'altra». Era riuscita a vedere quanto eravamo innamorati anche a quella distanza perché era sotto gli occhi di tutti.

Quando ci siamo conosciuti, eravamo entrambi smarriti e disperati. È uno dei motivi per cui ci amiamo. In te l'ho visto sin dall'inizio. In noi c'era qualcosa di rotto che solo l'altro avrebbe potuto riparare, è per questo che dovevamo stare insieme. Mi svegliavo tutti i giorni sotto il tuo sguardo, mi accarezzavi i capelli, come se non riuscissi a credere che fossi vera. Non puoi ritrattare né negare ciò che esiste tra noi.

Ricordi quei giorni in cui camminavamo per ore nella Nordmarka fino allo sfinimento, poi tornavamo a casa e facevamo il bagno insieme? Tu mi leggevi le tue poesie oppure parlavamo dei libri che leggevo io a scuola, ci asciugavamo a vicenda e ci addormentavamo sul divano davanti al camino.

Ti aspetti che creda che tra te e lei ci sia quello che avevamo noi? Ti conosco. So come sei fatto, e quanto poco riesci a mostrare di te alla gente.

Se solo ci concedessi un'altra occasione, potrei dimostrartelo. D'altronde, quello che ho fatto era sempre e solo sesso. Non significava niente. Non ho mai fatto quello che stai facendo tu ora. Non ho mai giocato all'allegra famigliola con il primo arrivato, non sono uscita con altri né stronzate del genere.

Te ne sei andato per via di tuo padre, ma adesso lui sta bene. L'hai detto anche tu che non lo vai mai a trovare. Torna da me. O verrò io da te – non mi importa. Andrei ovunque.

Senza di te non esisto. Quando dopo il lavoro torno a casa, mi infilo il tuo vecchio pullover e lo avvicino al viso, cercando di raccogliere ogni fragranza rimasta. Immagino di baciarti la clavicola, le costole, le palpebre. Chiudo gli occhi e immagino la sensazione di te che ritorni, di noi che scompariamo insieme.

Mi conosci, Ciaran. Non ho fidanzati. Prima di te c'erano solo persone con cui andavo a letto. Non ho mai amato nessun altro all'infuori di te, e adesso è così tanto che ti amo. Sette anni. Non è una relazione come le altre. Non la supererò passando al prossimo. Ci sei solo tu.

Ci sarai sempre solo tu.

Troia pazza, troia pazza, ho pensato. Una gelosia inorridita mi pulsava dentro il corpo come veleno. *Troia pazza, troia pazza.*

Ero nauseata dalla sua eccessiva confidenza, dalla sua adulante autocommiserazione, dal melodramma linguistico, ma soprattutto dal ritratto compiaciuto di loro come coppia. Leggere poesie nella vasca da bagno, vantarsi di quanto fossero belli insieme, la consapevolezza di essere più inquieti di chiunque altro.

Ho sentito un fruscio in camera da letto, sono uscita rapidamente dalla sua casella di posta e ho chiuso il telefono. Ho aperto il rubinetto, riempito un bicchiere d'acqua e sono tornata in camera. Sono scivolata accanto a Ciaran, il mento sulla sua spalla, abbracciandolo da dietro. Lui ha allungato un braccio all'indietro e mi ha stretto a sé.

2019, Atene

Essere innamorati è come sperare in qualcosa; una speranza distillata e limpida che sarebbe impossibile fabbricare da soli.

Una delle sensazioni più tristi da provare è che non ci sia niente di nuovo al mondo, di aver esaurito ogni possibile interazione. Quando mi sento così, mi sveglio ogni giorno nel pomeriggio già buio con il profondo rimpianto che nel corso della notte non sia accaduto nulla capace di cambiarmi. Mi sveglio così tardi perché, anche se non sopporto di essere lucida, non mi piace nemmeno l'idea di dormire. Starmene sdraiata al buio a pensare, anche solo per un istante, sembra una prospettiva abominevole, allora bevo fino a perdere conoscenza, oppure guardo la tv fino a che i miei occhi non riescono più a stare aperti.

Se provo a viaggiare per liberarmi da questa sensazione, le città si confondono tra loro. Spendo soldi finendo per stare male da sola in una *piazza*, dodici euro per un piatto di pasta che non sa di niente, troppo vino, qualche idiota che cerca sempre di attaccare bottone.

Quando torno a casa a Waterford per cercare di pareggiare i conti e riconnettermi con me stessa e con il mio passato, sembra che la gente intorno a me non faccia che morire, e litigo con i miei perché non mi sforzo di comunicare con loro. Non voglio sentir parlare di malattie e tragedie, e sono stupefatta dalla loro abilità nel partecipare a un funerale dopo l'altro. È come se ogni giorno riuscissi solo a mangiare e dormire e arrancare attraverso le ore e di nuovo daccapo

– e in effetti è tutto quello che riesco a fare. Gli antidepressivi vanno e vengono, ma in ogni caso la mia reazione alla vita, alla verde Terra creata da Dio, a tutto il genere umano, spesso è, *E allora?*

E poi, ogni volta che mi innamoro, tutto si fa nuovo, inclusa me stessa. Il mio corpo, il mio cervello, il modo in cui vedo le cose più semplici. E il meglio è che non funziona soltanto la prima volta. Se mando tutto a puttane una volta, quella dopo funziona comunque.

Guardare fuori dal finestrino dell'autobus diventa stimolante in modo insopportabile, campi di colza che mi fanno venire le lacrime agli occhi, la costa frastagliata che mi toglie il fiato. La mia mente, un attimo prima così stagnante e grigia, di colpo sembra quella di un neonato, permeabile e scoppiettante di nuove informazioni. La nuova persona non solo rende interessante una vita deprimente e noiosa, ma la trasforma in una vita del tutto diversa. I pomeriggi, che altrimenti passerei rannicchiata a letto nascosta dal sole vagabondo che filtra dalla tenda, adesso li trascorrerei dando da mangiare alle anatre e leggendo poesie vicino al canale. Una trasformazione che è la cosa più vicina alla vera magia che mi sia mai capitata.

Quando ti innamori di qualcuno e la tua vita è rimodellata, sai istintivamente che devi prenderti molta cura di questo nuovo delicato mondo che voi due state costruendo. C'è un'infrastruttura di cui tenere conto, dighe e ponti e municipi da progettare. Quella rischiosa precarietà spesso ti farà venire le lacrime agli occhi, per il terrore ma anche per il delizioso piacere. Una mossa sbagliata e l'intero edificio crollerà ancor prima che abbiate finito di costruirlo. Le coppie, nella fase iniziale, spesso si eclissano per mesi, non soltanto spinte dal desiderio, ma anche dalla necessità di costruire.

6.

Quando io e Ciaran andavamo al cinema durante le nostre prime settimane insieme, desideravo che nel film ci fosse lui, anche quando era seduto accanto a me con la mia mano nella sua. Volevo uno schermo così grande da non riuscire a vedere altro. Volevo essere riempita completamente da lui, cosicché nient'altro avesse spazio per infiltrarsi. Sapevo che stavo cominciando a costruire l'edificio più difficile e importante della mia vita. Mi sentivo al culmine di un progetto grandioso, il mio lavoro migliore fino a quel momento. Avrei costruito un grande fienile rosso e robusto che avrebbe resistito secoli. Avrei costruito una maestosa cattedrale dorata. Avrei costruito l'ottava meraviglia del mondo.

Quando ho letto la mail di Freja, la mia mente non è riuscita a metterla in relazione con il mio progetto, e così non l'ho elaborata del tutto. L'idea che il nostro mondo appena costruito non avrebbe continuato a esistere mi risultava letteralmente inconcepibile. Era facile rifiutarla perché quando riuscivo a stare fisicamente con lui i problemi scomparivano, ogni potenziale intrusione diventava ridicolmente irreale.

All'alba di quel giorno ho fatto sesso con lui e non ero affatto preoccupata. Sentivo le sue dita lunghe e forti che mi stringevano appena la gola. L'odore della sua bocca, la dolcezza mentre incombeva sulla mia. Ho inarcato la schiena per avvicinarmi, cercando di inalare quel respiro. Gli ho accarezzato la mandibola e poi l'ho tenuta ferma cosicché mi guardasse dritto negli occhi mentre si muoveva, e in modo da rendere sacro ogni singolo istante.

Proprio come quando, da ragazza, fare baldoria mi sembrava per certi versi importante – mi sembrava un modo per ottenere più di quanto le altre persone ottenevano, facendo le mie stesse cose – il sesso con Ciaran sembrava *importante*. Sembrava ogni volta di avvicinarsi a una conclusione, e la conclusione ci avrebbe insegnato qualcosa di profondo, se mai ci fossimo arrivati.

7.

Le settimane successive, le cose tra noi sono andate bene, meglio di prima, anche se si era sprigionato qualcosa di nauseante. Pensavo alla mail di Freja, ma la mia rabbia disgustata era rivolta solo a lei, non a lui.

Ero scioccata dall'interezza di quel mondo che aveva descritto. La particolare intimità del tono con cui si rivolgeva a lui, i dettagli che non avrei avuto mai motivo di conoscere se non l'avessi letta.

Ho provato a immaginare il pullover di Ciaran che si era tenuta, il portico dove si sedevano, il panorama che vedevano da lì. Era fastidioso, come lo era sempre scoprire che intorno a te esistevano persone con le loro vite interiori e prospettive individuali.

L'idea che lei avesse una percezione antica di Ciaran, che precedeva la mia di anni, era orribile, ma la sua diversità la rendeva anche erotica. Ho cercato su Google per la prima volta il suo nome, per vedere che aspetto avesse. A volte, di notte, quando non riuscivo a prendere sonno, la mia mente mi costringeva a immaginarli mentre scopavano.

Ciaran con me era più gentile del solito, e più dolce. Mi comprava piccoli regali, mi sorprendeva con mazzi di fiori e mi portava a cena fuori.

Queste cose mi sembravano particolarmente significative considerato quanto fosse taccagno. Non guadagnava granché, ma nemmeno io, né nessun altro del nostro giro. Quando non avevo gli spiccioli per il caffè, lo pagava lui ma mi chiedeva sempre, sempre, di restituirglieli. La trovavo una cosa bizzarra e spiacevole.

Non lo faceva solo con me. L'ho visto chiedere indietro soldi ad amici a cui aveva offerto da bere, senza che quelli avessero idea di cosa stesse dicendo. Quando si voltavano perplessi, lui recitava sempre la stessa scena: «Non te lo ricordi, Harry? Al Duke, dopo la penultima festa dell'Irish Museum of Modern Art? Era la settimana prima che ti dessero lo stipendio e ti ho pagato una birra».

E tutti ridevano e alzavano gli occhi al cielo per la sua spilorceria. Io faticavo a ridere, francamente lo trovavo imbarazzante, perché ero la sua ragazza. E un po' temevo che gli altri pensassero che questa tirchieria implicasse altro, che si sentissero in imbarazzo per me.

Una volta, a cena con un po' di persone in un sushi bar dopo l'inaugurazione di una mostra in Talbot Street, ha quasi fatto piangere una ragazza. Era una stagista di una galleria del centro, appena arrivata a Dublino da Cracovia, ed era palesemente invaghita di Ciaran. Era più giovane di me, diciannove anni circa, una montagna di capelli puliti e splendenti e grandi occhi apprensivi. L'aveva guardato per tutta la serata.

Succedeva di continuo. Di solito non ci davo troppa importanza perché nemmeno se ne accorgeva. Per me era una strana esperienza stare con qualcuno così oggettivamente bello. In pubblico, ero divisa tra un piacere infantile e il terrore che la gente, osservandoci, restasse perplessa dalla discrepanza.

A fine cena, Ciaran stava dividendo il conto e dicendo a ognuno quanto doveva pagare. Alla stagista mancavano pochi euro.

«Sono quindici» continuava a ripetere. «È quanto hai speso, con la birra».

«Mi dispiace, io... io...».

Ciaran aveva riso, come se fosse incredulo. «Non capisco perché hai ordinato quindici euro di cibo e birra se non li avevi».

Dal nostro lato del tavolo tutti si erano voltati a guardare.

«Ecco, li ho io» aveva detto il capo della ragazza, allungandosi per lanciare una banconota e un'occhiataccia a Ciaran.

La mia ultima notte in città prima di Natale, mi ha portato a cena fuori. Siamo andati in un ristorante francese e abbiamo mangiato bistecche al sangue e bevuto un costoso vino rosso. Era gentile con il cameriere e ha ordinato lui per entrambi facendomi sentire piccola, serena e felice. Abbiamo chiacchierato degli spettacoli brutti che avevamo visto e abbiamo riso degli artisti e della loro disperata ambizione, dei loro tristi berretti da camionisti e delle tute da ginnastica alla moda che erano troppo vecchi per sfoggiare.

Aveva le labbra macchiate di vino e mentre parlavamo mi sembrava incredibilmente sexy, aperto e vivo, senza che nessuno dei suoi soliti dubbi o malumori ci interrompesse. Quando alla fine ci siamo alzati da tavola ho allontanato la sedia e lui si è avvicinato a me per aiutarmi a mettere la giacca e mi ha baciato sul collo. Ho pensato che tutti nel ristorante ci stavano vedendo così, com'eravamo veramente, come saremmo stati da quel momento in poi: due persone giovani, interessanti, belle, all'inizio della loro vita insieme. Uscendo, ho guardato le altre coppie intorno a noi – e avevo ragione, era vero che la gente ci osservava.

Un paio di donne più grandi ci hanno sorriso magnanime mentre passavamo davanti a loro. La metà femminile di una coppia dagli abiti costosi e l'aspetto meticolosamente curato ci ha guardato con un'espressione che non sono riuscita a decifrare. Sono arrossita, la testa che galleggiava nell'orgoglio. Eravamo autentici, qualsiasi problema avessimo era irrilevante, era solo una conseguenza dell'intensità che comportava vivere davvero.

Mi ha accompagnato a piedi fino all'Eden Quay, e ci siamo fermati all'ombra degli edifici sulla banchina che costeggiava quella sponda del fiume. Mi teneva le mani tra le sue, mi ha baciato le orecchie soffiandoci il suo alito caldo. Mentre il pullman accostava, ha tirato fuori dalla borsa una scatolina celeste e me l'ha data.

«Un regalo per te» ha detto, e si è chinato su di me, strofinando la sua guancia morbida contro la mia come un gatto, baciandomi la fronte. «Ti amo».

Il mio corpo è stato travolto da una calma profonda, la conferma che non ero pazza. Ci siamo guardati, ci siamo baciati di nuovo, abbiamo riso delle nostre facce serie, e ci siamo abbracciati un'ultima volta.

Sono salita sul pullman e ho trovato posto il più lontano possibile dagli altri passeggeri. Volevo stare da sola e catalogare tutti i sentimenti che stavo provando, esaminarli uno per uno. Non sono riuscita a resistere e ho aperto subito la scatola. Dentro c'era un foglietto ripiegato su cui aveva scritto: *Buon Natale. Sei una donna bellissima e ti amo.*

Sotto il biglietto c'era una delicata spilla antica di ambra. Ho tenuto la pietra in mano e ho chiuso forte gli occhi. Sembrava irradiare calore, come se fosse viva. La tenevo ancora in mano quando tre ore dopo sono arrivata a Waterford e le luci sempre più vicine della mia cittadina natale mi hanno fatto piangere come capitava ogni volta che le rivedevo.

2019, Atene

La settimana scorsa ero seduta in un bar, a leggere un libro e bere un caffè prima di prendere un treno. Era un pomeriggio dal cielo limpido, il sole era appena tramontato, quando senza preavviso c'è stato un violento temporale. Per evitare che ci bagnassimo, i camerieri ci hanno fatto spostare all'interno del patio sotto un tendone più grande. Io, una donna d'affari sulla cinquantina e un paio di anziani indifferenti siamo rimasti lì a guardare. La donna aveva un bel po' di rossetto rossissimo e continuava a portare la mano alla bocca terrorizzata ogni volta che appariva un fulmine. Guardavo distrattamente lei e il cielo quando si è precipitata nel locale una giovane coppia con un neonato in una carrozzina.

Erano bellissimi e bagnati fradici e stavano ridendo. La donna era piegata in due dal ridere, si teneva la pancia, ululava, e il marito le ha messo una mano sulla spalla e le ha accarezzato la schiena con affetto. Si sono voltati verso di noi, con dei grandi sorrisi increduli stampati in faccia. *Guardate che pioggia!* sembravano dire quei sorrisi. *Guardate come ci siamo bagnati!* Anche dopo che si sono seduti a un tavolo e hanno preso il bambino in braccio, di tanto in tanto scoppiavano a ridere rabbrividendo.

Osservandoli mi sono sentita terribilmente sola, ricordando (ma non in maniera nitida, come velata) quello che stavano provando, quella parte dell'essere innamorati che rende indimenticabili le esperienze più insulse. Ridere della pioggia improvvisa invece di considerarla solo un fastidio mentre stai andando da qualche parte. E anche dopo, mentre se ne stavano semplicemente seduti a mangiare panini e bere caffè, il loro appagamento era strabiliante. Avevo dimenticato che l'amore avesse quel potere. Li ho invidiati, ero contenta per loro, e spaventata per me. Mangiare un panino e bere una tazza di caffè sotto la pioggia era qualcosa che da sola non sarei riuscita a rendere magico.

Mi ha ricordato le volte in cui Ciaran mi svegliava la mattina e mi domandava che cosa avremmo fatto quel giorno. Io dicevo: «Mmmh, non lo so, stasera potremmo guardare un film, o andare in qualche galleria». E lui: «Oppure compriamo delle mele e ce ne andiamo a spasso».

Ed era una cosa che facevamo insieme, una cosa per cui mi alzavo dal letto eccitata. Andavamo a piedi in centro, fino al bar elegante nel supermercato su George's Street e bevevamo un paio di bicchieri d'acqua al bancone, con il cameriere che ci guardava infastidito. Poi compravamo (o a volte rubavamo, se mossi dal brivido dell'illecito) due mele. Passavamo qualche minuto a sceglierle, confrontandole, soppesandole a seconda della varietà. Infine uscivamo e per quattro o cinque ore camminavamo, semplicemente chiacchierando e vedendo cosa succedeva in città. Di sicuro capitava di fare tappa in una galleria d'arte, o in un negozio dell'usato, o di fermarci in un bar lungo la strada, ma non avevamo mai una meta.

Prendere le mele e andare a spasso era la meta, solo quello, il piacere stava tutto lì. Era più che sufficiente.

NATALE 2012
Waterford

1.

Quando il pullman è arrivato a destinazione, erano quasi le tre del mattino, ed ero a pochi chilometri da casa di mia madre.

Lei e mio padre si erano separati quand'ero piccola, e da allora abitava in periferia, a Ballinakill Downs. Il suo secondo marito, Stíofán, si era trasferito da lei otto anni dopo, poco prima del mio quattordicesimo compleanno. Il cognome di mamma era Keelin, finché non ha conosciuto Stíofán – un insegnante fanatico della lingua gaelica – e ha abbandonato la versione anglicizzata per il più irlandese "Caoilfhaoinn", rimproverandoti se lo pronunciavi alla vecchia maniera.

Un osservatore imparziale potrebbe pensare che mia madre sia uscita vincitrice dalla gara del divorzio, con il suo nuovo marito alto e muscoloso, le loro gite in kayak e i fine settimana fuori, ma personalmente trovavo che mio padre fosse il più felice dei due. La sua solitudine mi preoccupava, ma era un uomo che si accontentava di poco, gli bastava un minimo di compagnia occasionale, qualcosa da leggere e un pezzo di terra. Tutte cose che aveva nel paesino appena fuori città dove lavorava nella scalcagnata biblioteca comunale e dove di tanto in tanto usciva a bere, sempre con gli stessi tre amici.

Mamma sembrava presagire la catastrofe in un modo innaturale e inutile per una persona di quell'età, e continuava a preoccuparsi del proprio peso con la veemenza e l'ottimismo di un'adolescente.

«Come sta Stephen?» le chiedeva mio padre facendomi l'occhiolino ogni volta che mia madre mi accompagnava da lui, dove passavo quasi tutti i fine settimana.

«È *Stíofán*, lo sai benissimo, *Tomás*» ribatteva a papà, che si era sempre e soltanto fatto chiamare Thomas.

Di solito, quando arrivavo da Dublino a quell'ora, chiamavo un taxi, troppo pigra e spaventata all'idea di camminare a Ballinakill, ma adesso non mi veniva in mente niente di più meraviglioso. Lungo la strada ascoltavo musica che mi faceva pensare a Ciaran, ed ero immersa in un sogno tranquillo come non mi succedeva dall'adolescenza. Quando sono entrata in casa, mia madre dormiva sul divano davanti a un poliziesco in tv.

«Ciao, bambina» ha detto, aprendo un occhio.

«Ciao, mamma» ho risposto, avvicinandomi per salutarla con una stretta, prima di salire in camera.

Ho dormito per dodici ore di fila, come mi capitava spesso quando tornavo a casa, quasi dovessi riprendermi dall'aver vissuto troppo per il resto dell'anno. Quando mi sono svegliata, anche se era solo il 19 dicembre, la mia camera da letto sapeva già di Natale. Ho allungato un braccio verso la borsa, ho tirato fuori la spilla e l'ho tenuta in mano, percependone il calore.

Quel giorno e il successivo sono rimasta in salotto a leggere certi romanzoni stupidi che di solito non mi concedevo, ho aiutato a impacchettare i regali, ho cucinato. Ho bevuto vino con mia madre, spettegolato sulle persone che conoscevamo e guardato pessimi programmi alla tv. La sera del 21 ho chiamato Ciaran, perché non lo sentivo da quand'ero partita. Non ero preoccupata – era negato con il cellulare ed era raro avesse del credito a meno che non glielo ricaricassi io. Dopo tre tentativi ancora non rispondeva. Ero brilla e morivo dalla voglia di parlare con lui, ma non ci ho dato troppo peso. Gli ho fatto una ricarica online e gli ho scritto di chiamarmi quando poteva, che mi mancava e che lo amavo. Scriverlo mi ha messo di buonumore.

Il 23 sono uscita a bere con due vecchi amici. Mentre li raggiungevo mi sono intravista nel riflesso di una vetrina e mi sono dovuta fermare appoggiandomi a un palo per calmarmi. Ero disgustosa. Ero grassa. Al pub, la gente ne avrebbe sparlato, mi avrebbe fissato bisbigliando che ero diventata molto più grassa e più brutta.

Sentivo la pancia premere contro l'elastico delle mutande e sporgere, qualcosa che mi rendeva insieme me stessa e mostruosamente un'altra persona. Non essere magra non era la mia unica caratteristica, come pareva ovvio al resto del mondo. Ma ogni volta che arrivavo a Waterford tornava a essere il mio tratto dominante, il mio difetto peculiare. Ogni volta che tornavo mi veniva ricordato che, perlomeno qui, perlomeno a casa, perlomeno nel posto dove importava, sarei sempre stata sbagliata. Sarei sempre apparsa come una versione deforme della Vera Mc, una frettolosa approssimazione di un essere umano.

2019, Atene

Non ho mai capito come facciano le persone ad amare i propri corpi, né capisco del tutto come facciano a odiarli. Nel suo continuo cambiamento, non ho mai visto il mio corpo come qualcosa di così profondamente disturbante, è solo un oggetto mutevole e ingestibile che non ha niente a che fare con me, qualcosa che non mi riguarda minimamente.

Perché dovrei accettare o amare o odiare o considerare con indifferenza una cosa che non resterà mai la stessa? Come faccio a mantenere un sentimento costante verso una cosa così mutevole? Non dovrei piuttosto ammettere che non ne sono capace, che devo invece separare il mio corpo – in tutto il suo orribile e ostinato crescere e asciugarsi e fiorire e avvizzire – da me stessa, da me?

Mi dicono che è impossibile. A dirmelo sono soprattutto gli uomini. Hanno studiato filosofi che io non ho studiato, ma i loro discorsi forbiti non sono diversi dagli slogan di autoaiuto di quelle stesse donne che gli uomini trovano stupide. Ecco cosa dicono: "Sei il tuo corpo. Non c'è separazione. Quando cambia lui, sei tu che cambi. Non sei una semplice testimone dei capricci del tuo corpo, ne sei l'architetto".

La gente teme che gli adolescenti facciano sesso, ma talvolta si potrebbe riflettere sulla tristezza dell'avere un corpo adolescente, soprattutto un corpo di ragazza, su quanto sia fastidioso, doloroso e punitivo, e ricordare che il sesso può essere la prima occasione per capire che i corpi possono farti stare bene. Che i milioni di punti sensibili al dolore possono anche darti piacere. Che non piangerai sempre e soltanto perché sei triste.

A quell'età il mio corpo mi disgustava, ma stavo anche imparando ad amarlo – ad amarlo troppo. Lo odiavo eppure lo veneravo con un'oscena devozione, perché sapevo cosa poteva stimolare in me stessa e negli altri. Davanti allo specchio mi veniva da piangere, volevo spaccare il vetro e strapparmi pezzi interi di carne. Un attimo dopo ero in ginocchio in vertiginosa adorazione, sfiorando con le mani la curva gentile delle costole, guardandolo dalla stessa angolazione da cui lo avrebbe visto un ragazzo. Me ne stavo sdraiata di schiena sul letto con una macchina fotografica, riflettevo su quanto ognuno di noi fosse fortunato ad avere una visione del genere.

Non ho alcuna tregua da stipulare con il mio corpo, so già che nel tempo verrebbe semplicemente annullata da un nuovo nemico. Che senso avrebbe, quindi?

Quando torno a casa sono più arrabbiata che mai. Di colpo sprofondo in ogni corpo che ho vissuto, in tutti i tentativi falliti di essere un certo tipo di persona. Ecco le mie vecchie bilance, le mie vecchie foto, la pelle del viso tesa e gli occhi scintillanti e inferociti dalla fame, bellissimi, nessuno potrebbe negarlo.

E a casa c'è mia madre. Vicino a lei sono ancora più disgustata da me stessa. Mi tornano in mente tutti i miei soliti difetti, quelli che potrei snocciolare a uno psicologo, commenti che lei mi faceva con finta noncuranza mentre crescevo. Ce l'ha sempre avuta con il suo corpo, ma in maniera particolare quand'era giovane e single e forse desiderava svagarsi, e invece aveva una bambina piagnucolante e quasi nessuna idea di cosa le avrebbe riservato il resto della sua vita, e se ci sarebbe stato qualcosa di buono.

Erano cose che diceva senza cattiveria né perfidia, le diceva con il suo consueto piglio brioso, ma ovviamente me le ricordo. Ed è così ingiusto – sono sicura di non ricordare centinaia, migliaia di altre cose che diceva, per esempio che stavo bene come stavo. È plausibile. E tuttavia non me le ricordo, per me non esistono.

A esistere sono invece i momenti come questo: avevo undici anni e la solita routine prevedeva che mia madre mi venisse a prendere a scuola, e che sulla strada del ritorno ci fermassimo a comprare uno spuntino, un pacchetto di patatine o una barretta ai cereali. Quel pomeriggio in particolare, avevo deciso che sarei diventata magra e virtuosa come le mie compagne di classe sane e snelle che mangiavano dolcetti di riso e non avevano il segno dei calzettoni troppo stretti sui polpacci.

«Cosa vuoi mangiare?» ha chiesto mia madre.

«Niente» ho detto io «d'ora in poi dopo la scuola mangerò solo gomme da masticare».

«Brava bambina» ha detto lei, e ricordo di essermi sentita triste, preoccupata al pensiero che mi avesse sempre odiato per quegli spuntini, aspettando che la smettessi.

Ancora adesso, quando torno a casa, con lei sono impacciata e sulla difensiva. Detesto che possa accorgersi dei chili che ho preso. Detesto ascoltare la lista delle cose che mangia o non mangia più, gli esercizi che fa in palestra. Detesto percepirla come una sfida nei miei confronti, o un invito a migliorarmi. Detesto non essere mai riuscita a trovare una risposta adeguata, qualcosa di diverso da un digiuno difensivo o un'abbuffata rabbiosa, per dimostrarle che sono andata oltre, che ho superato le sue sciocche preoccupazioni, che sono mente, non corpo, che sono migliore di lei. Smetto di indossare i vestiti che indosserei nella mia vita normale, buffi e carini, e torno alle felpe tetre e voluminose.

Anche se mia madre non avesse mai proferito parola sul suo corpo o sul mio, credo che tornando a casa proverei le stesse cose, la stessa furia claustrofobica sotto questo tetto condiviso, noi due così vicine. Provengo da lei, è lei che ha generato questa cosa-corpo che odio e amo così tanto. Ce l'ho con lei per averlo creato; mi mortifica averne fatto un così cattivo uso. *Come ti permetti?* vorrei urlarle, da una parte. *Ti voglio bene da morire! Mi dispiace*, dall'altra.

2.

La mattina del 24 dicembre, Ciaran non mi aveva ancora richiamato e io cominciavo ad avere paura. Ho cercato di rassicurarmi: forse ha perso il cellulare. Allora perché era acceso? Forse era solo troppo impegnato. Troppo impegnato per mandare un messaggio in quattro giorni? Non avevamo mai passato così tanto tempo senza parlarci. Ho iniziato a preoccuparmi seriamente: non aveva amici intimi che potessero andare a controllare come stava, non aveva in programma di vedere nessuno fino al giorno di Natale. Si rifiutava di andare dal padre a Wicklow, affermando che la loro consueta irritabilità degenerava in vere e proprie offese ogni volta che provavano a trascorrere le feste insieme, tanto che c'erano rancori risalenti ai Natali della sua infanzia che tornavano ancora a galla a distanza di anni. Piuttosto, avrebbe cenato con amici e sarebbe andato a trovare il padre a gennaio, quando i sentimenti peggiori scomparivano.

Forse aveva avuto un incidente? Poteva essere caduto dalla bici, o era semplicemente scivolato uscendo dalla doccia e aveva sbattuto la testa, oppure... oppure qualunque altra cosa.

Qualche ora prima di vedere mio padre, ho chiamato l'ufficio di Ciaran. Sapevo che non l'avrei trovato: era in ferie dal giorno prima. Ha risposto il suo capo, Michael, che avevo conosciuto alle inaugurazioni delle mostre.

«Ciao, Michael» ho detto, sforzandomi di sembrare rilassata. «Scusa il disturbo... mi stavo solo chiedendo se ieri Ciaran è venuto in ufficio. Ho rotto il cellulare, non ho scritto il suo numero da nessun'altra parte e non posso rintracciarlo».

«Buon Natale! Come ti invidio, starai in campagna per tutta la settimana, no? Io ho quasi finito ma sono l'unico ancora in ufficio e mi tocca occuparmi dell'impaginazione del numero di gennaio quindi... comunque! Sì, Ciaran ieri era qui, è rimasto fino all'ora di pranzo circa, poi gli ho detto di andarsene. Si rigirava i pollici e iniziava a innervosirmi, ah-ah. Devo avere il suo numero da qualche parte, te lo posso dare».

«Ah!». Mi sono sentita rispondere con una risata forzata. «Sarebbe fantastico».

Ha letto il numero ad alta voce, e io l'ho ripetuto come se lo stessi scrivendo, come se non lo sapessi già.

Ho continuato a chiamarlo per il resto della mattina, sapendo che non avrebbe risposto, ma non riuscivo a trattenermi. A quel punto la certezza delirante che gli fosse successa una cosa terribile era diventata più forte, ma non immaginavo più il cranio rotto o la trachea bloccata. La cosa terribile adesso era un mistero. Riuscivo a concentrarmi solo sull'immediato presente. Sentivo il bisogno che rispondesse al telefono in ogni parte del mio corpo. Era l'unica cosa a cui riuscivo a pensare; il suono della sua voce che diceva: *Pronto*. Tutto quello che sarebbe successo dopo lo avrei affrontato.

Mio padre è venuto a prendermi all'ora di pranzo e siamo andati a bere un caffè e a fare una passeggiata. Mi sono sforzata di apparire rilassata e felice. Ho risposto alle sue domande su Ciaran nel modo più allegro e sincero possibile. Per via del nostro stretto legame, si è accorto che mentivo, e quando ha capito che non gli avrei detto la verità, ha iniziato ad agitarsi per l'ansia e la frustrazione.

Avrei voluto togliermi quel peso ma non riuscivo a tradurlo in parole, perché così facendo sarebbe diventato reale. Per il momento stava succedendo tutto nella mia testa senza nessun riscontro esterno, e se avessi continuato così avrei potuto rimuoverlo. Era la stessa pulsione che si prova davanti a una busta con dei risultati, quando cerchi di posticipare il futuro in cui verrai informato tuo malgrado di notizie terribili.

Sapevo anche che qualsiasi cosa avessi raccontato riguardo a Ciaran e la nostra relazione, avrei turbato mio padre. Ero talmente scissa che questi due stati coesistevano:

1. sapevo che la mia relazione era strana, sbilanciata e a senso unico e che parlarne in termini realistici avrebbe confuso e turbato le persone che mi amavano;

2. non pensavo che la mia relazione fosse strana, sbilanciata e a senso unico.

Cioè, riuscivo a capire che un resoconto veritiero, fedele ai fatti, poteva turbare, ma io non mi sentivo turbata. Era solo che gli altri non sarebbero stati in grado di capire il modo in cui la realtà oggettiva non teneva conto della verità essenziale.

Nascondere qualcosa a mio padre mi riusciva molto più difficile. Se nascondevo oppure omettevo cose importanti, poi non ero più capace di comportarmi normalmente. Di solito lo facevo per evitare di turbarlo, quando era un problema che non avrebbe potuto risolvere e quindi non aveva senso scaricarglielo addosso.

Era andata così durante l'adolescenza. Le mie depressioni non avevano origine né soluzione, e così non avevo una vera risposta alla domanda: *Che succede?* La mia relazione con Ciaran aveva la stessa aura di inevitabilità. Era così e basta. Ero semplicemente innamorata di lui, e ogni problema correlato era tollerabile. Non c'era ragione di parlarne.

Negare delle informazioni a mio padre mi faceva sentire debole e depressa per la distanza incolmabile che stavo creando tra noi, che era molto più piccola di quella che separa la maggior parte delle persone, ma esisteva comunque e non si sarebbe ridotta.

Certe volte questa distanza da tutti mi confortava e mi piaceva. Sarei morta sapendo cose su di me che nessun altro al mondo sapeva. C'erano esperienze che vivevano solo dentro di me e non potevano essere replicate né raccontate. E certe volte, come adesso, la distanza sembrava troppo triste per conviverci.

In macchina verso casa, stavamo chiacchierando distrattamente del suo fratello maggiore che era andato via di casa quando era un ragazzino, e gli ho chiesto se i suoi genitori se ne fossero dispiaciuti.

«Com'è successo a me quando sei andata via tu, immagino» ha detto. «Avrei preferito che fossi rimasta ma non te l'avrei augurato. La cosa che a volte mi intristisce, quando passiamo insieme un po' di tempo, diciamo più di un giorno, è chiedermi quanto spesso succederà ancora».

«Che vuoi dire?» ho chiesto.

«Prova a contare le occasioni in cui d'ora in avanti passeremo più di un giorno insieme... sono poche. Sono davvero decisamente poche».

Stava guidando, ha aggrottato leggermente la fronte per via del sole invernale, e non sembrava angosciato da ciò che stava dicendo: era un dato di fatto.

Mi sono voltata dall'altra parte e ho guardato fuori dal finestrino. Ero colma di tristezza per le cose che aveva detto, e per la consapevolezza che ne aveva, ma anche di vergogna per lo squallore con cui stavo sprecando la mia breve vita. Ero seduta in auto con qualcuno che mi amava più di quanto amasse se stesso, e l'unica cosa a cui riuscivo a pensare era Ciaran. Come si era impoverita la mia vita interiore, affannarmi per un pegno d'amore da parte di qualcuno che non aveva intenzione di offrirmelo.

3.

La mattina di Natale mi sono svegliata alle sette e gli ho mandato un messaggio: *Buon Natale. Ti amo moltissimo. Per favore chiamami.*

Scrivendolo mi sono irritata con me stessa, quel "moltissimo" petulante e manipolatorio.

Ho fatto colazione in fretta e ho scambiato i regali con mamma e Stíofán, poi papà è venuto a prendermi. Abbiamo raggiunto mia nonna e gli zii nella chiesa dove andavamo sempre per Natale. Li abbiamo cercati, ma la messa era già cominciata per cui ci siamo infilati sulla panca più vicina. Davanti a noi una donna anziana piangeva in silenzio con il volto tra le mani, accanto a lei era seduto un figlio che la sosteneva con un braccio intorno alle spalle. *Dev'esserle morto il marito*, ho immaginato, *e questo è il primo Natale senza di lui.*

A quel punto ho ceduto anch'io, commossa da quel dolore, dall'essere lì con mio padre, nella chiesa dove andavo ai tempi della scuola. Per i successivi trenta minuti quasi non sono riuscita a smettere di piangere, e sono scoppiata in singhiozzi quando ho sentito la voce forte e stonata di mio padre unirsi al coro di *Astro del ciel.*

Più tardi mi sono scusata con papà, che però ha capito. Soffriva anche lui.

Siamo andati al cimitero per la nostra tradizionale passeggiata fino alla tomba di suo padre, e a quella della mia nonna materna. In auto abbiamo evitato di guardarci e abbiamo parlato con voci tremolanti, e quando siamo arrivati a casa di mamma mi ha appoggiato una mano sul polso dicendo: «Andrà tutto bene». E mi ha intristito il pensiero che mio padre avesse una figlia, se questo significava che la sua felicità fosse sempre legata alla mia. Mi ha intristito il pensiero di non riuscire a imparare a essere più felice, più normale e più tranquilla, perché allora neanche lui avrebbe mai trovato pace, proprio lui che la meritava e la aspettava più di tutti.

Il fatto che mi amasse così tanto, e che volesse per me cose che sapevo non avrei mai avuto né meritato, era doloroso. Gli dovevo moltissimo e non lo avrei mai ripagato. Avrei voluto trovare il modo di farglielo capire cosicché rinunciasse a me. Gli ho dato un bacio sulla guancia e ho detto: «Lo so, papà. Ti voglio bene, ti chiamo da Dublino» e mi sono allontanata in fretta dall'auto prima che potessimo ferirci ulteriormente.

Il resto della giornata è stato più facile. Ho bevuto vino sul divano, ho letto, ho riso ascoltando le mie zie prendere in giro mia madre mentre preparava la cena e mi sono sentita felice nel calore assoluto della casa, e avrei voluto restare lì per sempre, avrei voluto cancellare tutte le altre parti della mia vita e rinunciare all'idea di progredire. Abbiamo mangiato, fatto giochi da tavolo, bevuto, fumato, guardato film e a fine serata mi sono rannicchiata vicino a mia madre, ho pianto e lei mi ha accarezzato i capelli senza chiedermi cosa non andasse. La mattina dopo sono andata via prima che gli altri si svegliassero e ho preso il pullman per Dublino.

4.

Quando sono arrivata, appena dopo le nove, la città era ancora silenziosa e vuota. Sono andata a casa a piedi, attraversando lentamente l'O'Connell Bridge per non scivolare sul ghiaccio. Sono risalita lungo Grafton Street dove la gente si accalcava per i saldi, mi sono fermata in fondo alla strada per un caffè e ho costeggiato il centro commerciale Stephen's Green, dove io e Ciaran spesso facevamo un giro dopo il lavoro. Rimandavo il momento in cui avrei aperto la porta di casa, sarei entrata nel vuoto e avrei lasciato accadere qualsiasi cosa.

La sera, quando non vedevo Ciaran dopo il lavoro, mi capitava spesso di stare così. Iniziavo la salita e mi riempivo di un vacillante timore al pensiero dei passi che dovevo ancora fare, gli angoli familiari da svoltare, il nulla, nessuno ad aspettarmi. Lungo la strada mi fermavo in un pub, compravo una rivista, fumavo ansiosamente, sorseggiavo due bicchieri di vino rosso e mi tormentavo le pellicine delle unghie fino a quando non mi costringevo a rincasare.

Adesso era così ma peggio. Ci ho messo un'ora e mezza invece di quaranta minuti, vagando in direzioni sbagliate e fermandomi a guardare le vetrine dei negozi. Ho aperto la porta e mi sono seduta sul letto, togliendo dalla valigia le poche cose che mi ero portata. Ho tirato fuori il biglietto: *Buon Natale. Sei una donna bellissima e ti amo*. Guardarlo mi ha agitato ancora di più. Come poteva aver scritto una cosa del genere se... non poteva averlo scritto e poi...

L'ho messo via, ho guardato il telefono, gli ho mandato un messaggio per dirgli che ero a casa e che stavo per andare da lui. Ha risposto all'istante: *Resta lì, arrivo tra un'ora.*

Ho stretto il cellulare, inondata dal sollievo.

Doveva esserci una qualche spiegazione per quanto era successo. Forse suo padre stava male – per quel che ne sapevo, poteva benissimo essere a casa con lui.

Mi sono fatta un caffè, ho fumato e tamburellato sul tavolo, guardando il bigliettino. Mi sono strofinata le mani, rassicurandomi, cercando di lasciare in pace le pellicine o di non ferirmi.

Esattamente un'ora dopo ha bussato alla porta. Quando gli ho aperto, era completamente un'altra persona. La momentanea durezza che attraversava il suo volto durante i nostri litigi adesso era assoluta, e occupava ogni centimetro di lui.

«Entra» ho detto.

«No» ha detto.

«Come?». E mentre tutta l'energia che avevo accumulato dietro una vana speranza mi abbandonava, scomparsa in un istante, e il mio corpo si afflosciava, mi sono aggrappata allo stipite della porta per reggermi in piedi.

«Non entro». L'ho fissato negli occhi, il suo sguardo mi ha trafitto. «Sono venuto a dirti che è finita. E adesso me ne vado».

E si è voltato davvero per andarsene.

Come poteva? Ero stupefatta, ammirata malgrado lo shock; come poteva esistere una persona come lui?

«Aspetta, per favore, torna qui» mi sono sentita dire, odiando il suono della mia follia, e calcolando rapidamente cosa lo avrebbe convinto a tornare. «Cinque minuti, giuro, solo cinque minuti».

Si è voltato ed è rimasto nella stessa posizione di prima,

con una mano sulla cinghia dello zaino e l'altra su un fianco. Una posa da genitore irritato, di quelle che si assumono con un bambino che non la smette di chiedere perché non può mangiare il gelato per cena.

E di fatto stava stringendo gli occhi, scuotendo la testa, come se gli stessi chiedendo un favore enorme e impossibile. La sua espressione lasciava intendere che quanto stava succedendo fosse del tutto normale, e che io non lo capivo perché ero stupida, o riluttante, o un'illusa.

«Perché?» ho chiesto. «Per favore, entra e parlami. Devi parlarmi. Parlami».

A ogni frase il tono della mia voce saliva mentre lui scuoteva la testa.

Mi sono sforzata con tutta me stessa, come se esistesse una forma di telecinesi alimentata dalla disperazione e dall'amore con cui avrei potuto penetrarlo.

«Non entro» ha ripetuto, e nella follia del momento, questo mi pareva l'unico ostacolo da sormontare. Come quando avevo pensato che tutto si fosse risolto perché aveva finalmente risposto al mio messaggio. Se solo fossi riuscita a fargli varcare la soglia, a farlo entrare nella mia solita normalissima stanza; se fossi riuscita a farlo sedere sul letto dove avevamo dormito e fatto l'amore, di sicuro si sarebbe addolcito.

L'avrebbe smessa con quel suo modo di fare surreale, sarebbe stato costretto a ricordare e a intenerirsi.

«Per favore, entra e parlami» l'ho implorato, e con un sospiro petulante è entrato in casa e ha posato lo zaino.

«Che vuoi?» ha detto.

Non sapevo da dove cominciare, come descrivere la follia di quel momento, da quale domanda iniziare. La cosa che avevo di più simile a una prova era la prossimità del nostro ultimo incontro. Ho preso la mia borsa per cercare la scatola azzurra. Gli ho mostrato l'ambra come se fosse un talismano, come se potesse tirargli fuori qualcosa.

«Mi hai regalato questa, mi hai detto che mi amavi, una settimana fa!».

Adesso stavo urlando e lo odiavo anche per avermi portato a tanto.

Sono stata investita dall'improvvisa certezza che la pazza fossi io. Forse non era successo quello che pensavo.

«Ascoltami, il motivo per cui non volevo entrare è che non c'è niente da discutere. È inutile sederci e parlarne. È finita e basta. Adesso che lo sai non ho altro da dirti».

«Perché non hai voluto che venissi da te? Perché non hai risposto alle mie chiamate?».

Silenzio, lui ancora furioso come se mi stessi comportando da maleducata, come se stessi varcando il confine di una qualche proprietà.

«È qui?» ho chiesto, dando voce a un pensiero che mi tormentava da giorni. «È l'unica ragione per cui sei venuto: evitare che mi presentassi a casa tua e la vedessi».

«Non è più affar tuo. Niente di tutto questo lo è. Di fatto non lo è mai stato».

Stavo piangendo, e ho detto: «Allora, se è finita, dimmi addio e basta. Non riesci a comportarti come un essere umano? Non me lo devi?».

Ovviamente non era quello che volevo dirgli. Non volevo un addio, non mi interessava una separazione rispettosa. Ho solo pensato che se fossi riuscita a farmi trattare come una persona, a farmi toccare, l'incantesimo si sarebbe spezzato e lui mi avrebbe amato di nuovo.

«Va bene» ha detto, lo sguardo ancora accusatorio, derisorio. «Addio».

«Dammi un ultimo abbraccio» l'ho supplicato. Vorrei dimenticare di averlo detto.

Ha alzato gli occhi al cielo e ha fatto un passo verso di me, dandomi due leggere pacche sulle spalle, frettolose, come potrebbe fare un collega di lavoro.

L'ho stretto, mi sono aggrappata a lui, ho affondato il viso nel suo petto, ho sentito il suo odore, ho respirato a fondo.

Lui mi ha allontanato con la stessa facilità con cui si scaccia un insetto, e sbuffando rabbiosamente ha raccolto in fretta lo zaino, aperto la porta, poi si è avviato veloce in strada, senza voltarsi a guardarmi mentre mi piegavo in due sulla soglia.

Se n'era andato. Si aggirava sulla Terra, illudendo la gente di essere vivo. Mi sono trascinata dentro e mi sono sdraiata sul letto. Cos'era successo? Mi sono seduta e ho posato la mano sulla parete fredda cercando di fermare le vertigini.

Per il resto della giornata sono rimasta lì seduta, ho pianto e mormorato a me stessa la sequenza di eventi che avevano portato a quel momento. Ho sfogliato il mio diario per trovare le date e poi ho elencato ad alta voce cos'era successo, il giorno in cui c'eravamo incontrati, il primo bacio, le liti, le riconciliazioni, le cene. Ho ripetuto tutto ad alta voce, ancora e ancora, dall'inizio alla fine.

5.

Qualche anno fa un mio amico si è tolto la vita. Siamo stati accerchiati dalle telefonate. All'epoca lavoravo in un teatro e quando mi hanno chiamato ho ignorato la telefonata. Qualche ora dopo, mentre pranzavo con alcuni colleghi in un pub, ho ricevuto un messaggio. Era di una persona che conoscevo appena, che nemmeno conosceva bene il mio amico. L'ho letto in fretta, tenendo il telefono con una mano mentre veniva servito il cibo e stavo ancora parlando con gli altri.

... mi dispiace essere quello che... è morto a casa...

L'ho letto due volte di seguito, fissando lo schermo con aria assente. Poi ho messo via il telefono e ho mangiato. Per un'ora la sua morte non è esistita in alcun modo significativo. Non riesco a ricordare un singolo pensiero consapevole finché non ci siamo alzati tutti, e una volta fuori dal locale le mie ginocchia hanno ceduto e mi sono appoggiata a un muro, ripetendo: «Credo che un mio amico sia morto».

Qualche giorno dopo, ci siamo ritrovati nel soggiorno di casa sua a bere, piangere e parlare del funerale. Continuavamo a raccontare eventi degli ultimi mesi, dicendo l'uno all'altro: «... e quella è stata l'ultima volta che l'ho visto», insistendo nel descrivere lo sgabello sul quale sedeva, o il concerto per cui avevamo comprato i biglietti e perché, come per dirci: *È successo; io c'ero; è successo davvero?*

GENNAIO 2013
Dublino

1.

Quando mi ha lasciato, sono andata nello stesso bar finto-trasandato dove avevamo litigato per le poesie che aveva scritto per Freja.

Volevo devastarmi oltre ogni limite, dimenticare la sua faccia sulla soglia di casa. Continuavo a vedere la sua espressione annoiata e derisoria. *Pensavi che ti amassi*, diceva. *Ah-ah!*

Diverse amiche mi hanno detto di averlo sempre detestato, che non era alla mia altezza. Ho riso sguaiata, d'accordo con loro. Un mio amico mi ha messo la mano sul culo, e mi ha tirata a sé. Ero nauseata dalle sue labbra bagnate di whiskey che scivolavano sulle mie. L'ho spinto via. Non era così. Non era sempre stato così. Sono tornata a casa.

Sono crollata sulla poltrona dove a volte avevamo scopato. C'era stata una notte, non molto prima di Natale, in cui eravamo tornati tardi da una festa a casa di qualcuno, frastornati ed eccitati. Avevo messo su un disco mentre lui si tratteneva a stento. Mi aveva spinto sul bracciolo, mi aveva tirato il vestito sul viso e aveva posato le labbra su quel po' di grasso infantile che temevo così tanto e che sporgeva dall'elastico delle mutande.

«Mettiti giù» aveva detto.

Ed ero scivolata sul pavimento.

Mi ero morsa il labbro, le mutande alle caviglie, sentendo che incombeva su di me. Gli piaceva gironzolare per casa lasciandomi così – gli piaceva fumarsi una sigaretta e aprirsi una birra.

Aveva preso una sedia e si era seduto dietro di me, guardandomi mentre lo aspettavo.

Più tardi, ero stata travolta da una confusione estatica per quant'era bello che lui fumasse mentre glielo succhiavo. Il mio corpo si era riempito di un calore furibondo, che mi spronava a impegnarmi di più, a essere più scopabile, con gli occhi più aperti, la bocca più grande.

C'era qualcosa di tossico nell'essere umiliata a quel modo, la totale mancanza di rispetto, la mancanza della consapevolezza di essere lì insieme a lui. Mi dava la sensazione che avrei potuto essere chiunque, o nessuno, che ero qualcosa dentro cui svuotarsi o da svuotare, la sensazione di esistere solo per ricevere ciò che lui aveva da dare. Quando è venuto ha spinto indietro le mani per afferrare la sedia, anche la testa è scattata all'indietro, gli occhi al soffitto. Io non ho smesso di guardarlo.

Mi piaceva quando non si faceva la doccia da uno o due giorni, quel piccolo gesto di condivisione. Quando andava in bici si ricopriva di una sottile patina di fuliggine per via del traffico e mi attaccava addosso lo sporco e l'olio della bici. Respiravo il profumo caldo e umido dei suoi capelli e affondavo il viso nella morbida camicia di flanella, per annusare l'odore stantio e acidulo eppure gradevole del dopo lavoro.

Quando la smetteva di lamentarsi di qualsiasi cosa l'avesse irritato in ufficio o nel tragitto verso casa, si voltava verso di me come se mi vedesse per la prima volta. Aveva ancora addosso i guanti sbrindellati senza dita e mi prendeva il viso tra le mani, coprendomi le orecchie, tanto che non riuscivo a sentire, né avrei voluto sentire, più niente.

Una volta mi ha chiesto che odore avesse il sesso, mentre da qualche minuto strofinavo il mio naso su diverse parti di lui. «Odora di serra» ho detto, pensando a com'era quando avevamo finito ed eravamo entrambi sdraiati sotto la coperta e l'odore saliva ed era così vicino e denso, e dava quella stessa sensazione di capienza infinita.

2.

Ogni istante della mia giornata era saturato dalla sua assenza, ogni secondo veniva abbattuto e crollava e mi soffocava. Mi sedevo a fissare lo spazio per ore di fila, incapace di muovermi sotto quel peso. Il dolore mi piaceva perché mi rendeva più piccola che mai. Non ero altro che nervi scoperti, una capsula di Petri di materia. Non avevo altre caratteristiche.

Ciaran odiava la mia indecisione. Odiava quando mi chiedeva dove volevo andare a cena e io facevo spallucce e dicevo che era uguale, poteva decidere lui. Odiava quando gli chiedevo quale vestito mi stava meglio. Secondo lui dovevo crescere, capire ciò che desideravo ed essere capace di dirlo ad alta voce. Secondo lui non dovevo essere lo spazio negativo attorno alla sua presenza positiva, e proprio perché lo sapevo, proprio perché sapevo che sarebbe riuscito ad amarmi veramente se solo fossi riuscita a essere una persona vera, non ci riuscivo mai. Andavo nel panico e irradiavo grandi sorrisi apatici e indifferenti davanti alla totalità raggelante del suo sguardo inquisitorio. Sorridevo fino alle lacrime, ma non riuscivo comunque a decidere né affermare nulla che lo compiacesse, che mi rendesse una versione convincente di me.

E adesso mi aveva lasciato ed ero ancora più piccola, molto più piccola. Adesso non c'era pensiero che non lo riguardasse e non volevo niente che non fosse lui. Chiudevo forte gli occhi e pensavo alle cose che avrei dato per farlo ritornare. Non riuscivo a identificare una sola cosa nella mia vita che non avrei immediatamente sacrificato per lui, nessun posto dove non sarei andata. Potevo rinunciare a ogni singola persona che conoscevo, lasciarle alle loro vite che sembravano solo grigi negativi della vita vera che avrei avuto con Ciaran. L'avrei seguito ovunque sulla Terra e non avrei avuto bisogno di niente.

Passavo il tempo a cercarlo online. Ho creato una cartella dove raccoglievo le cose più importanti. Le sue foto mi facevano piangere, trovarne una che non avevo mai visto era così triste e magnifico da far sembrare la vita di nuovo quasi bella. Scoprire che esistevano angoli di lui che non conoscevo, modi di stare al mondo di cui, avendolo frequentato troppo poco, non ero stata testimone. Era tutto così incantevole e doloroso che non riuscivo a credere che un giorno non li avrei visti con i miei occhi.

(«Quando hai capito che tu e Freja vi sareste lasciati?» gli avevo chiesto una volta durante una delle nostre poche liti su di lei.

«In realtà non l'ho mai capito» mi aveva detto. «Abbiamo dovuto lasciarci, ma non puoi mai sapere cosa succederà in futuro. La vita è lunga».

"La vita è lunga". Ho scomposto le parole e le ho ricomposte per dare loro un significato positivo. Tutto era possibile).

Le cose migliori che ho trovato erano foto di noi due insieme di cui ignoravo l'esistenza. Cercavo notizie su di lui sulle pagine social dei suoi amici e mi sono imbattuta in una serie di scatti di un'inaugurazione al Project Arts Centre di Temple Bar. In una foto indosso una maglietta grigia leggera e scollata e sono carina e arrossisco mentre lo guardo e rido di qualcosa che ha detto, il suo bel viso disteso e felice. Ha una mano sulla mia spalla e vedere quel gesto in una foto pubblica mi ha emozionato, di norma non mi toccava di fronte ad altre persone.

C'è qualcosa di speciale nel viso di un bel ragazzo – non dico solo affascinante, o attraente, o carino, dico proprio bello. Perché mi commuove così tanto? In cosa è diverso dalle belle ragazze che vedo tutti i giorni? Non è giusto, lo so. Un bel ragazzo sembra aver attraversato il fango e il cemento della virilità. Il suo bel viso sembra scolpito nei materiali più grezzi.

In un volto come il suo c'era comunque qualcosa che mi faceva credere istintivamente che fosse un bravo ragazzo. Se non in superficie, allora in qualche altro posto in cui avresti dovuto scavare per trovarlo. Io, che avrei riso di chiunque provasse un sentimento simile per una bella ragazza, consapevole di quanto la nostra bellezza sia fugace, inaffidabile e vana – io, tuttavia, mi lasciavo incantare dai bei visi dei ragazzi.

Lo cercavo online tutti i giorni e mi scioglievo quando lo vedevo in una posa particolarmente significativa; mentre si mangiucchiava le unghie durante un reading; mentre arrossiva a disagio durante un discorso di inaugurazione per la Notte della cultura di Dublino. Andavo indietro negli anni e raccoglievo tutto quello che potevo. Ero amica di un numero sufficiente di suoi amici da avere quasi sempre un'idea di dove fosse, a quali inaugurazioni e proiezioni partecipasse. Non ci andavo, consapevole che probabilmente l'avrei incrociato.

Una volta sono entrata in un pub per incontrare un amico dopo il lavoro e mi è sembrato di vedere la sua testa dalla chioma morbida sbucare da un séparé in un angolo. Ho fatto dietrofront, ho scritto all'amico di vederci da un'altra parte, ho attraversato di corsa un vicolo che puzzava di piscio e ho dovuto premermi le tempie con le nocche finché il dolore non ha cancellato tutto il resto e il cuore ha ripreso a battere al suo ritmo normale.

3.

Perdere qualcuno che ami, nella migliore delle circostanze, può farti impazzire. Non solo amavo Ciaran ma lo amavo in modo cupo e sbagliato. Perdere qualcuno che ami a quel modo, oltre che pazzo, può anche farti diventare cattivo.

Quando mi ha lasciato, a volte sognavo loro due insieme, e mi svegliavo sudata.

Ho pensato di andare a casa sua e bussare forte alla finestra fino a quando non mi avessero fatto entrare. A marzo ho sognato di ucciderla e mi sono svegliata misteriosamente calma, ripetendomi, *Be', ne sono successe di cose strane; be', ne sono successe di cose strane.*

Nel sogno entravo di nascosto in camera loro mentre dormivano e restavo sulla porta a guardarli. La luna illuminava i loro visi e li rendeva belli e già morti. Avvolgevo intorno al pugno i suoi bei capelli neri e le fracassavo il cranio contro la parete – una, due volte – e dato che era un sogno riuscivo a spostarla con una mano sola in un'unica ondata violenta.

Aveva la bocca aperta, sbavava e faceva bolle e c'era una macchia nera sulla testiera del letto, e il suo braccio lungo e sottile si dimenava alla ricerca di un appiglio finché non si fermava.

Alle sue spalle, Ciaran osservava tranquillo, gli occhi che si levavano per incrociare i miei appena lei smetteva di respirare, e poi si voltava verso la parete nella posizione in cui dormiva sempre, stringendosi addosso la coperta.

4.

La notte a volte chiamavo Lisa, l'unica persona a cui potevo dire la verità, la verità che era così elementare e immensa.

«Ho bisogno di lui. Ho bisogno di lui» le dicevo singhiozzando. «Non posso farcela. Non ne sono capace». Nel senso di vivere, andare avanti con la mia vita senza di lui.

E volevo bene a Lisa perché non si prendeva la briga di contraddirmi né di sostenere che non avevo bisogno di nessuno, che l'avrei superata. Sapeva istintivamente, l'aveva sempre saputo, che era lei a non aver bisogno di nessuno per vivere, ma questa differenza tra noi non rendeva la mia esperienza meno reale della sua. Aveva visto con i suoi stessi occhi quanto fosse vero quel bisogno.

Quando una volta ho boccheggiato: «Sono sola, sono sola, ho paura», non ha finto che non fosse così.

«Lo so» ha concordato. «Sei sola».

5.

Ho cercato altre persone che avessero vissuto qualcosa di simile, sperando di trovare conforto o chiavi di lettura. I miei parametri di ricerca erano cose tipo “amore ossessivo”, “casi famosi di amore non corrisposto”, “episodi di ossessione”. Ho letto una storia di cui avevo sentito anni prima da un podcast, su un uomo che si chiamava Carl Tanzler, un professionista in campo medico – anche se non un vero e proprio dottore – che viveva in Florida e negli anni Venti si era innamorato di una sua paziente, una donna cubano-statunitense che si chiamava María Elena Milagro de Hoyos. Lei soffriva di tubercolosi, malattia che aveva ucciso anche una delle sue sorelle. Tanzler aveva sviluppato subito un’ossessione per María Elena, offrendole la propria dubbia esperienza medica e attrezzatura radiologica, andando a casa sua per somministrarle ulteriori cure. La ricopriva di regali e gioielli e la definiva l’amore della sua vita, l’incarnazione del misterioso angelo dai capelli scuri che gli era apparso in una serie di visioni.

Lei non lo ricambiava. La sua famiglia doveva senz’altro aver trovato la presenza dell’uomo opprimente e inquietante, ma non si era mai opposta, nella speranza che lui potesse curarla. Ma le cure non portarono a nulla e nel 1931 la donna morì. Tanzler pagò le spese del funerale e le costruì un mausoleo.

Nel 1933 andò di notte nel luogo di sepoltura e trafugò il cadavere in decomposizione. Lo mise su un carretto, lo caricò nella propria auto e lo portò a casa. Con spilli, cavi e gabbie grossolane cercò di tenere insieme le ossa disintegrate, e le avvolse in garze e bende inzuppate di profumi per cercare di coprire il tanfo. Costruì una maschera, inespressiva e liscia, che avrebbe dovuto riprodurre i lineamenti della donna ma che ovviamente era terribile e inadeguata. Dalle finestre i vicini lo vedevano danzare con la sagoma di una donna.

Venne processato ma mai condannato, e il corpo di María Elena – ancora agghindato con quegli orribili manufatti e parzialmente mummificato – venne esposto in un'agenzia di pompe funebri dove migliaia di curiosi andarono a vederlo. Non ci fu pace per lei, né dignità, nemmeno quando era ormai libera dal suo aguzzino.

La prima volta che avevo sentito questa storia mi ero arrabbiata. Rivendicare il possesso di una donna che non ti ama, anche da morta. Prendere il suo cadavere e farlo tuo con forza ripugnante, cura ripugnante, attenzione ripugnante. Sembrava la sintesi di tutti i modi in cui gli uomini potevano prenderti senza il tuo permesso e trasformarti in qualcosa che non eri mai stata, qualcosa che non aveva nulla a che vedere con te.

Adesso, rileggendola nel mio sconcertato dolore, mi sono chiesta se fossi migliore di lui. Mi sono chiesta se lo fossi mai stata. Forse era solo che fino a quel momento non avevo mai amato qualcuno così tanto. Forse ero sempre stata violenta come un uomo. Non ero anch'io disposta a tutto pur di recuperare ciò che avevo perduto, per rimediare alla sua assenza? Non avrei sacrificato anche lui, oltre a me stessa, pur di riaverlo? Non avrei cercato di trasformarlo in tutto ciò che non era, non lo avrei ammorbidito, intenerito, addomesticato, indebolito, se questo poteva convincerlo a essere di nuovo mio?

Ho letto del caso clinico di una donna, la paziente M, che negli anni Settanta, a nord dello stato di New York, soffriva di erotomania, o sindrome di De Clérambault. La donna, una zelante studentessa di un college cattolico, era figlia di immigrati cinesi di prima generazione. Aveva ricevuto un'educazione severa ma normale, aveva genitori che la supportavano, amici, qualche selezionato appuntamento galante con ragazzi che erano culturalmente suoi pari. Al secondo anno di college, iniziò a seguire i corsi del professor X, sulla quarantina, bianco. Insegnava Teologia, ed era sposato con due figli, tutti attivi nella chiesa e nella comunità locale di cui anche la paziente M faceva parte.

La paziente M cominciò a scrivere lettere al professor X, raccontandogli delle difficoltà che aveva a scuola, in famiglia e nelle relazioni. All'inizio l'uomo rispose, cercando di offrirle conforto e guida spirituale, ma presto la corrispondenza aumentò arrivando fino a dieci lettere al giorno, e lui iniziò ad allarmarsi per il tono eccessivamente familiare e le strane allusioni all'affetto e a un legame condiviso che lui non aveva incoraggiato.

Anche se la sua famiglia, le autorità accademiche e alla fine la polizia le intimarono di lasciare in pace il professor X, la paziente M continuò e di fatto intensificò la sua attività, interpretando i tentativi di dissuaderla come prove della sua teoria secondo cui la moglie del professore intendeva separarli. Prese a seguirlo in ufficio e a casa, finché non venne espulsa. Nelle sue lettere continuava a dirsi certa che il professor X la amasse e la evitasse solo per le imposizioni della cultura cattolica.

Una mattina di luglio, colleghi e amici del professore rimasero scioccati nel ricevere le partecipazioni alle sue nozze con la paziente M. Chi li conosceva meno pensò che lui avesse divorziato e organizzato un matrimonio riparatore con l'amante, ma quando riuscirono a parlare con lui l'uomo spiegò la strana situazione. Fu a quel punto che la paziente M venne internata in una casa di cura. Da quel momento di lei non si seppe più niente. Diverse settimane dopo il ricovero, i genitori della ragazza ricevettero una chiamata da un ristorante cinese del quartiere che chiedeva notizie del matrimonio, perché la paziente M aveva prenotato un pranzo di nozze per trenta persone.

6.

Quando Ciaran mi ha lasciato, mi confortava che il dolore fosse insostenibile. Se fosse stato tollerabile, non sarebbe stato dolore. Presto sarebbe finito, in un modo o nell'altro.

Ho continuato con la mia vita, andando soprattutto al lavoro (tranne i due giorni successivi alla rottura, buttati in un glorioso doposbornia). Chissà come, il mio corpo sapeva istintivamente preservarsi in vista del futuro. Mangiavo bene e pochissimo, e quando ero tentata di tagliarmi ero sopraffatta da un rifiuto apatico e non davo seguito all'intenzione. Di solito ero troppo stanca per uscire a bere, e mi vergognavo troppo per farlo da sola. Sentivo che per chissà quali misteriose regole della vita sarei riuscita a trovare la strada per cavarmi fuori dal dolore.

Quasi tutte le sere, quando il dolore e la noia mi sopraffacevano, parlavo con Lisa – era una buona cosa che ci fosse qualcuno che non conoscesse né disprezzasse Ciaran ma che potesse comunque prestare ascolto al mio smarrimento. Lisa mi aveva spedito un pacco pieno di film e serie tv leggeri, e quasi tutte le sere mi addormentavo sulla sedia mentre li guardavo, fumando qualche sigaretta e bevendo tè verde. Se ne guardi tanti, quei programmi fanno stare bene quasi quanto una sbronza, le battute blande, la trama praticamente sempre uguale, il finale sempre lieto.

Di tanto in tanto mi concedevo di stare male, mi sedevo sul letto con la schiena contro la parete e la testa tra le ginocchia. Quando il dolore raggiungeva il suo apice sbattevo la nuca due volte di seguito, abbastanza forte da produrre la sensazione che il mio cervello si fosse spostato, così da spaventarmi e quindi calmarmi. Ma quelle serate erano rare, di solito ero troppo sconvolta per provare sentimenti intensi, e di questo ero grata.

Ascoltavo canzoni tristi sotto la doccia e piangevo. A volte mi fermavo per osservarmi da fuori e arrivavo a ridere di quello struggimento esibito in maniera così banale. Una o due volte alla settimana prendevo il treno per la costa sud di Dublino per andare a nuotare e passeggiare fra i cespugli di rovi appena fuori Shankill. Quando un giorno, in piedi sul molo di Dún Laoghaire, ho provato a contemplare il mare e riflettere sulle mie sciagure, ho resistito solo qualche minuto prima di vergognarmi e battere in ritirata.

I sentimenti erano reali, ma non riuscivo a esprimerli con naturalezza. A Dún Laoghaire mi sono sentita come in un film comico, lì a ondeggiare in mezzo alla nebbia grigia. Stavo provando qualcosa di vero, o stavo vivendo una fantasia che mi ero costruita da sola?

7.

A quindici anni ho smesso di mangiare e sono diventata popolare. Quantomeno secondo i miei parametri. Le ragazze spaventosamente magre del mio gruppo a scuola – quelle che avevano gli Ugg e trousse di trucchi da cento euro – di colpo mi hanno accettato. È stato incredibile. Non sarei mai diventata ricca, ma potevo stare con loro, che era quasi altrettanto bello. Una volta abbiamo organizzato il "ballo scolastico", espressione del nostro bisogno disperato di sentirci americani, ed è stato il momento in cui mi sono avvicinata più che mai a un personaggio di *The O.C.* Ho passato settimane a decidere cosa indossare, qualcosa che mettesse in evidenza la mia corporatura scheletrica e insieme fosse originale, e ho finito per indossare un tutù.

Sono arrivata al ballo ed è stato terribile. I ragazzi erano noiosi e infantili come sempre. Non assomigliavano ai ragazzi dei film su cui avrei voluto fare colpo, tutti interpretati da venticinquenni. La fantasticheria di me che apparivo e tutti si voltavano ad applaudire la mia nuova bellezza non si è avverata. Sono tornata a casa. Mi ero trasformata in un'immagine e non aveva funzionato.

La mia bisnonna è morta in una casa di riposo. Per anni, durante la mia infanzia e adolescenza, mio padre è andato a trovarla più volte alla settimana, e ogni tanto lo accompagnavo. Come potrete immaginare, agli occhi di una bambina quel posto era respingente e spaventoso, con quell'odore di disinfettante o peggio, e ogni volta uscivo da lì con la sensazione che ci fossi andata per fare la brava, per fare una buona azione, ma senza riuscirci.

Un giorno sono uscita prima di mio padre e ho guardato il giardino, era primavera e c'era una rosa così potentemente rosa, bagnata da qualche goccia di rugiada, che ho iniziato a piangere e per un breve istante ho sentito solo il puro potenziale della vita, finché non mi sono ricordata dov'ero e chi avevo appena visto, e ancora una volta ho capito che l'immagine che desideravo così tanto vedere non significava alcunché, semplicemente non esisteva.

8.

Quando mi ha lasciato, non l'ho contattato, in parte perché sapevo che era inutile e in parte perché ero convinta che lei avrebbe letto i miei messaggi. Non riuscivo a tollerare il pensiero di loro due che ridevano di me, o peggio, che mi compatissero scuotendo la testa. Sapevo che il silenzio era l'approccio giusto – anche se non ero sicura di cosa volessi approcciare; la correzione delle cose, un ritorno sulla Terra.

Non gli avrei permesso di scappare per sempre. Era questo il motivo per cui non riuscivo a vivere un vero lutto, per cui non rinunciavo totalmente a me stessa.

Una sera di aprile ero a casa, irrequieta come un tempo, morendo dalla voglia di una notte brava. Non mi decidevo a uscire, ero ancora troppo spaventata e fragile. Non mi divertivo in compagnia dei miei amici, con loro dovevo fingere di non essere innamorata di Ciaran e di essere arrabbiata con lui per come si era comportato. Così mi ero concessa di ubriacarmi da sola, e stavo aprendo la seconda bottiglia di rosso quando è partita *Don't think twice, it's all right* di Bob Dylan, una canzone che lui ascoltava spesso. Una tristezza così totale da risultare piacevole mi ha travolta e mi si è bloccata in petto. Senza pensarci troppo o prevedere una risposta, ho preso il telefono e gli ho mandato un messaggio: *Ascolto Bob Dylan, ti penso. Mi manchi.*

Qualche ora dopo, quando avevo bevuto tutto quello che c'era in casa ed ero sdraiata sul letto a guardare la tv senza vederla, è arrivata la risposta. Diceva solo: *Anche tu mi manchi.*

Ho stretto il telefono al cuore e l'ho cullato come un bambino. Mi sono aggrappata al calore di quell'indizio, palpitante. Una pazienza beata mi ha inondato, la certezza che avrei potuto aspettare per sempre.

9.

Non sarebbe stato necessario. Tre giorni dopo, giorni che ho riempito con un silenzio e un autocontrollo sopraffini, mi ha chiamato. Mi ha chiesto di incontrarlo l'indomani alle due del pomeriggio fuori dal National History Museum.

In ufficio ho detto che sarei rimasta a casa perché stavo male e sono andata a piedi fino a Kildare Street. Ho girato l'angolo e lui era lì, che attorcigliava nervosamente un filo tirato della manica del cardigan, vicino alle stesse siepi a forma di animali del nostro primo appuntamento.

Appena mi ha visto, il suo viso si è aperto e illuminato e il mio cuore si è messo a cantare con gioia. Avevo fatto bene ad aspettare, a essere cauta, a starmene a casa.

L'incantesimo era rotto e, in qualunque cosa Ciaran si fosse trasformato sulla soglia di casa mia, adesso non c'era più.

Ero davanti a lui, gli occhi inteneriti dall'amore, un sorriso di tolleranza e adorazione infinite. Dentro di me avevo così tanto da donargli.

Ero felice come non mai, certa che l'abbondanza e la purezza dell'amore che provavo per lui fossero evidenti in ogni cosa, dalla mia capacità di attendere e farmi piccola alla mia indulgenza e determinazione nell'essere patetica.

Ero la donna. Avevo sofferto. Ero lì.

«Magari potremmo riprovarci» ha detto, e poi mi ha baciato.

Avevo vinto. E in che modo avevo vinto? Oh, era stato facile – non ci voleva niente; io ero niente.

Due settimane dopo siamo andati a vivere insieme.

APRILE 2013

1.

Ho riempito il nostro nuovo appartamento con una soddisfazione lenta e pigra. Abbiamo spacchettato le nostre cose e le abbiamo messe a posto con la stessa soddisfazione. I nostri libri abitavano gli uni accanto agli altri, ma senza mescolarsi, un'invasione reciproca sarebbe stata troppo anche per me. Lui aveva tre soprammobili che ha sistemato sul davanzale della finestra accanto ai miei: una statuetta di pietra a forma di topo, un ditale e un orologio da taschino, tutti belli, delicati e precisi.

Li ho accarezzati con un dito e ho chiesto distrattamente: «Da dove arrivano?».

Ci ha messo un bel po' a rispondere, continuando a svuotare una valigia. Poi ha detto: «Me li ha regalati un'amica».

Sapevo cosa voleva dire e mi sono allontanata bruscamente da quegli oggetti come se scottassero.

Non ho mai capito se avesse chiamato Freja "un'amica" perché pensava fossi abbastanza ottusa da non intuire a chi si riferisse, o se invece non avesse voluto pronunciare quel nome ad alta voce, perché altrimenti le avrebbe aperto una strada per entrare in casa nostra.

Da quando avevamo fatto pace, avevamo parlato a stento della nostra separazione, tranne vaghi e blandi cenni a quanto ci eravamo mancati. Ci comportavamo entrambi come se avessimo combattuto una guerra inevitabile e il fato fosse intervenuto per farci tornare insieme.

Quel primo pomeriggio fuori dal museo, ho dovuto chiarire

le questioni assolutamente basilari: *È finita? Se n'è andata? Mi ami? Sì, sì, sì.*

Ciaran ha aperto la bocca per continuare a parlare, e io l'ho baciato di nuovo e avrei continuato a farlo ogni volta che parole crudeli avessero minacciato di sfuggirgli.

Abbiamo comprato un copripiumone di flanella azzurro, una casseruola, un tappeto. La domenica, al mercato delle pulci, abbiamo comprato due quadri di pittori dilettanti con dei cani sorridenti che abbiamo appeso in bagno, quadri di un'incompetenza così affascinante da suggerire una battuta o una storia condivisa che di fatto non avevamo. Quando mi ritrovavo a scegliere un aspirapolvere o un cestino per la spazzatura, rabbrividivo con un'eccitazione che potrei descrivere solo come erotica. Mi sentivo orgogliosa e sul punto di piangere ogni volta che aprivo l'armadio, dove i suoi pochi vestiti se ne stavano appesi monasticamente vicino al mio ammasso di vecchi abitini e sfarzose felpe ricoperte di paillettes.

2.

Era la prima volta in assoluto che vivevo con un uomo, o che condividevo una camera da letto con un uomo. Mi sembrava strano che non avessimo pianificato nulla, né concordato uno schema per decidere cos'avrebbe o non avrebbe fatto l'uno per l'altra. Come potevamo sapere quanto spesso l'altro avrebbe voluto fare sesso? Come decidere chi avrebbe dormito sul lato del letto vicino alla finestra? E, per esempio, com'è che ero diventata io quella dei due che cucinava, senza che ne avessimo mai discusso? Com'è che qualcosa di immenso, quotidiano e necessario come mangiare era diventata una responsabilità che mi ero assunta di mia iniziativa, e che di sua iniziativa lui mi aveva ceduto?

Era la scelta più logica. Io ero una brava cuoca e lui no. Io dovevo preoccuparmi del mio peso e lui no. Io sentivo i sapori, e lui no – non del tutto, non davvero. In ogni caso, dipendere dalla cucina di un'altra persona mi faceva sempre venire la pelle d'oca. L'idea di mangiare secondo i capricci altrui, di mangiare cose che non corrispondevano esattamente alle mie scelte quotidiane, mi atterriva. Lui non aveva pregiudizi del genere, il cibo era una necessità che, per quanto non del tutto spiacevole, aveva scarsa importanza.

Per me il cibo poteva essere suddiviso:

a) in base al fatto che mi piacesse o meno;

b) in base al fatto che mi facesse ingrassare o meno.

Ciaran non aveva nessuna delle due preoccupazioni. I suoi giudizi derivavano da presupposti puramente morali.

Era sempre incline alla singolarità. Avrebbe preferito cenare tutte le sere con una ciotola di verdure al vapore se il suo grande corpo maschile non avesse avuto altre esigenze.

Per me il cibo era una questione più incasinata, più complessa. Era stressante, sì, ma poteva anche essere gioioso, qualcosa con cui ingozzarsi, e da cui poi ritrarsi; qualcosa con cui fare a botte, da offrire in sacrificio, e seppellire.

Quando, da adolescente devota al digiuno, avevo imparato a cucinare, era stato un processo al limite del sacro. Fino a quel momento potevo solo rifiutare o distruggere ciò che mi veniva offerto: i sandwich appallottolati in fondo alle cartelle di scuola, le colazioni evitate, gli spaghetti vomitati, le cosce di pollo mummificate nella carta igienica e nascoste nei cassetti della mia camera fino a quando non iniziavano a puzzare.

Avevo imparato a cucinare ed era cambiato tutto. Non ero più una semplice scolaretta petulante che si rifiutava di aprire la bocca e mangiare tutto come una brava bambina. Ero io a decidere cosa cucinare e dal momento che sceglievo io il cibo e lo conoscevo alla perfezione, riuscivo a mangiarlo. Tagliavo alla julienne peperoni, carote e fagiolini e li friggevo con poco olio d'oliva, cuocevo al vapore i piselli finché i loro baccelli coriacei si spaccavano e li mangiavo davanti alla tv come fossero popcorn.

Quando siamo andati a vivere insieme, era da tanto che non mi dedicavo al cibo in quel modo. Nel momento in cui, da adulta, mi ero concessa di mangiare di nuovo normalmente e prendere peso, qualcosa dentro di me si era rotto. Il tradimento della me stessa magra era troppo doloroso da affrontare, e così mi rifiutavo di guardare il cibo dritto negli occhi. Per sopravvivere, avevo dovuto smettere di venerare le singole fette di una mela rosa e lucida disposte su un piatto, avevo dovuto smettere di trovarle belle, altrimenti avrei continuato a fissarle in eterno. Avevo dovuto smettere di credere che l'atto del mangiare potesse fare qualcosa al mio corpo, o non sarei mai riuscita a ricominciare a mangiare.

Ho iniziato a cucinare per Ciaran ed è tornata un po' di quella sacralità, e dato che era per qualcun altro e non per me, l'ho accolta.

Vivere con lui mi costringeva a trattarmi come una persona in un modo che da sola non sarebbe stato possibile.

Al lavoro, che adesso consisteva in un posto nell'amministrazione di una clinica odontoiatrica, trascorrevo la pausa pranzo alla mia scrivania leggendo ricette, prendendo appunti, per poi sceglierne una.

Alla fine della giornata di lavoro, tornavo a casa a piedi, passavo dall'alimentari buono, quello dove compravamo le mele da portarci a spasso, e sceglievo gli ingredienti. Procedevo con lentezza lungo le belle corsie illuminate, così piacevolmente affollate, sfiorando la bottiglia d'olio d'oliva troppo costosa, le alghe essiccate, i barattoli di miele ricercato.

Sfilavo accanto al bancone del pesce, pronunciando nomi di creature che non conoscevo. Il macellaio mi vendeva carne di cervo e quando mi passava il pacchetto, confezionato nostalgicamente con lo spago marrone, il prezzo mi faceva deglutire. Selezionavo ogni elemento del pasto con orgoglio e tenerezza, pensando a lui che lo mangiava.

Non avevo mai fatto la spesa lì in passato, non mi sarebbe mai venuto in mente. Prima di allora avevo vissuto con i prodotti in offerta del Lidl e le scatolette che trovavo in dispensa, ma adesso stavo iniziando una nuova vita, e per questo facevo compere sotto quegli alti soffitti in mezzo a tutte le altre cose che bramavo.

Ci ho messo moltissimo tempo a rifiutare questa parte della nostra vita. È stata quasi l'ultima cosa che ho lasciato andare.

Insieme al sesso, cucinare era ciò che facevo per sistemare le cose tra noi – qualunque "cosa" fosse successa.

Non era lui a chiederlo né ad aspettarselo. Ero io che istintivamente rimediavo così. I giorni in cui l'avevo offeso, il rito del pasto era un'offerta, qualcosa di più elaborato del solito.

E dopo mangiato, se riuscivamo anche a fare sesso, la questione era risolta. Quando facevamo sesso mi perdonava, anche quando non voleva.

3.

Ricordo l'ultimo pasto in assoluto che gli ho preparato, prima che le cose cambiassero per sempre, perché era così bello a vedersi che l'ho fotografato: gamberi di fiume e granchio, palline rosa disposte perfettamente sopra foglie di lattuga, con succo di lime e *chili*, un cucchiaio di avocado, una spruzzata di sesamo nero, e mentre scattavo la foto, il telefono si è illuminato per la chiamata di un altro uomo.

4.

C'è stato un tempo – un tempo che adesso riconosco essere stato breve, quasi inesistente – in cui mi sembrava di aver sconfitto tutto lo squallore che aveva preceduto la nostra convivenza.

Era prima che iniziassimo a litigare davvero, e le cose peggiori che poteva dirmi erano: «Perché lasci la spugna nel lavandino? Vuoi farla ammuffire?» come rimprovero scherzoso, mostrandomi il dito medio e lanciandomi addosso la spugna gocciolante.

E io urlavo: «SÌ!» e gliela rilanciavo, e correvo strillando lungo il corridoio, ridendo in camera da letto mentre lo sentivo arrivare, pestava i piedi come il cattivo di un cartone animato, e quando alla fine spalancava la porta, mi spingeva sul letto, mi faceva il solletico e ce ne stavamo sdraiati a ridere fino a non avere più fiato, ci sfioravamo i nasi e ci addormentavamo così.

Ci appisolavamo insieme di continuo, collassando spesso tra mucchi di felpe nel nostro letto gelido. L'appartamento era vecchio, i soffitti alti, e i termosifoni sussurravano debolmente senza produrre alcun effetto. Goccioline d'acqua colavano sulle pareti, e una macchia scura si spandeva minacciosa sul soffitto del bagno.

Dopo cena, quando Ciaran finiva il lavoro che si era portato a casa, spesso andavamo dritti a letto. Ci coricavamo coperti da vari strati ridicoli di tessuti termici, pigiami e vecchi pantaloni della tuta, ridendo di noi, e ci nascondevamo sotto le coperte guardando film polizieschi e dell'orrore.

Vivevo per quella parte della giornata, quando in preda ai brividi agitavamo gambe e braccia per riscaldarci, tenendoci stretti. Per quel momento in cui sfuggivamo all'aria gelida e ci lasciavamo la giornata alle spalle, entrando nel nostro piccolo palazzo morbido, noi due gli unici rimasti al mondo.

Gli baciavo le palpebre frementi su cui si vedevano le vene e con le labbra gli riscaldavo la punta del naso, e a quel punto lui si chinava leggermente in avanti finché le nostre fronti si toccavano e apparivano sacre nella loro unione.

Anche adesso, penso che se fossi stata in grado di vivere in quel modo, senza che un'altra vita facesse capolino, senza amici, famiglia, lavoro – se fossi riuscita nel tentativo di ridurre il mio intero universo a noi due, corpi roventi saldati insieme in un letto gelido – sarei ancora lì, felice.

5.

Poi è arrivato maggio e nelle mattine dei fine settimana una leggera luce dorata riempiva la nostra nuova casa. Ci svegliavamo tardi, e sbadigliavamo bevendo caffè e chiacchierando fino all'ora di pranzo, quando andavamo a comprare giornali e brioche e ci sedevamo avvinghiati sul divano, coccolandoci distrattamente mentre leggevamo.

Vedevo poco i miei amici, per un bicchiere di vino dopo il lavoro o di tanto in tanto per un cinema la domenica, ma nessuno di loro è mai venuto a casa nostra. Li amavo in modo astratto, ma ero felice che le nostre relazioni venissero tenute in vita a distanza da messaggi occasionali o una rapida apparizione alle feste di compleanno. Io mi sentivo in imbarazzo con loro, e loro erano timidi con me. Sapevo cosa pensavano di Ciaran, potevo capire le loro ragioni. Non me la sentivo di umiliarmi ancora provando a convincerli che Ciaran non era come credevano.

La verità era che me ne infischiavo, e il fatto che non importasse neanche a Ciaran rafforzava la mia scelta.

«Ho visto la tua amichetta Christina» mi diceva con una risatina, rientrando dal lavoro. «Mi sa che non le piaccio, eh?».

E io ridevo insieme a lui e alzavo gli occhi al cielo, dicendo qualcosa di vago e accomodante: «Ehi, lo sai com'è fatta» e mi godevo quella sensazione confortevole di noi due uniti contro lo stesso nemico.

Era la medesima sensazione che provavo quando sbraitava su un collega sgarbato o su qualcuno che gli aveva tagliato la strada nel traffico. All'inizio tendevo ad appianare, minimizzare, perché era inutile inveire contro quella gente. Perché irritarsi così tanto per queste sciocche trasgressioni se erano inevitabili come il maltempo? Ma poi ho visto che schierarmi dalla sua parte era la cosa più sicura. Se mi univo alla sua indignazione, e mi lamentavo delle cose di cui si lamentava lui, diventavamo automaticamente compagni di squadra. Avrebbe iniziato a guardarmi non come parte di quel mondo che lo faceva arrabbiare, ma come parte del suo, il piccolo mondo che avremmo potuto costruire insieme in casa nostra.

Al lavoro ero scrupolosa e competente, ma solo perché avevo bisogno di mantenere il tenore di vita che volevo con Ciaran, non perché nutrissi una qualche ambizione. Arrivavo a fine giornata con il minimo sforzo, e restavo sempre sbalordita nel vedere quanto poco si lavorasse negli uffici.

Riuscivo a svolgere il lavoro assegnato in una o due ore al giorno, e alla fine della settimana avevo comunque tutto sotto controllo. Dopo un po', avevo capito che la capacità sovrumana di perdere tempo che ritenevo fosse solo una mia caratteristica, in realtà era universale, e tutti leggevano ricette, scrivevano mail agli amici o facevano pause caffè che duravano ore e chiamavano "riunioni".

Quando la sera aprivo la porta di casa nostra, cominciava la mia vera vita, a fuoco e in technicolor. Tutto ciò che stava fuori diventava sciocco e irrilevante proprio come sapevo sarebbe successo, come se me lo fossi aspettato.

Preparare qualcosa di buono alla fine di una brutta giornata può redimere tutto. Non importa cosa sia accaduto, se hai il tempo di fare quest'unica cosa per te stessa il resto scompare. Non è poi così diverso dal momento in cui, se sei un alcolista, ti siedi con una bottiglia di roba forte. Sai che c'è una finestra sempre più vicina dove la realtà in cui vivi smetterà di avere importanza, smetterà di ferirti.

Il mio rapporto con Ciaran era questo: un rifugio, un'eccezione che eclissava ogni problema. Era il pasto più buono, la bottiglia di vino migliore. Finché fossi riuscita a mantenere questo stato di cose, finché fossimo andati d'accordo, il resto sarebbe scomparso.

6.

Oggi mi interrogo sul mio bisogno disperato di interpretare il ruolo della casalinga perfetta per lui. Più di ogni altra cosa, volevo offrirgli i prodotti del mio lavoro, volevo che vedesse quanto fossi coinvolta nella cura delle nostre vite – e con quanta gioia lo facessi. Ero felice persino quando infornavo una torta o preparavo pasti che Ciaran avrebbe ignorato o consumato senza ringraziare. Ero felice quando gli lavavo una giacca che, senza che se ne accorgesse, puzzava di sigarette ed erba. Ero felice – sorridevo, cantavo! – quando pulivo il water in ginocchio. La candeggina aveva un odore intenso e delizioso, e bruciava i taglietti che mi procuravo sulle dita quando mi strappavo le pellicine.

Scrivevo il menu e lo attaccavo al frigo con cuori, smile e stelle scarabocchiati intorno a ogni pietanza, dilatando le settimane nel futuro – era confortante sapere già con un mese di anticipo che avremmo mangiato insalata con *kofta* di agnello, c'era qualcosa di dolce nello stabilire in modo così accurato le nostre azioni a venire.

Immagino volessi diventare necessaria per Ciaran, ignorando che lui aveva comunque bisogno di me. Volevo che vivesse in un mondo dove ogni sua potenziale esigenza fosse stata preventivamente soddisfatta. Non ci sarebbero stati bottoni scuciti, colletti ingialliti. Ecco perché non avevo bisogno di ringraziamenti. Non me la prendevo se i miei sforzi non venivano elogiati. Intorno a lui doveva esserci un intero ecosistema funzionante e non avrebbe avuto alcun motivo di preoccuparsi, o di procedere per tentativi, non avrebbe avuto alcun motivo di mettere in discussione qualcosa.

È facile scomparire sotto il ciclo incessante dei lavori necessari per tenere una casa pulita e accogliente. Le donne, che un tempo erano individui, si disperano per essere state trasformate in nient'altro che mogli, casalinghe, madri: persone la cui identità è secondaria rispetto alla loro abilità nel facilitare le cose a tutti gli altri. Ma io non ero una madre. Fare di tutto per un'altra persona, per un uomo, nell'ebbrezza eccitata di quei primi mesi di vita insieme, sembrava sexy, intimo e persino profondo.

E poi, che individuo ero stata prima di allora? Qual era l'identità che sarebbe stata cancellata dal mio nuovo orgoglio da casalinga? Non ne avevo mai trovata una abbastanza resiliente da sopravvivere nei miei ricordi. Non ce n'era mai stata una così autentica da sentirne la mancanza. Ero scomparsa con assoluta tranquillità.

Mi rendevo conto, anche solo lontanamente, che l'intera dinamica era ricoperta da una patina di ironia? Così facendo, amare diventava forse più facile? La ridicola idea di me che andavo a prendere le pantofole, cucinavo un arrosto di maiale e preparavo bibite fredde per l'omone con il cappotto che profumava di serata passata fuori, di vita vera a cui io non partecipavo, era assurdamente opposta al modo in cui avevo vissuto prima.

Se avessi riflettuto sul fatto che i tempi erano cambiati così tanto, che dopotutto eravamo una coppia moderna, se avessi riflettuto sul fatto che, decontestualizzata, la mia sottomissione avrebbe potuto essere derisa ed erotizzata – oh, quanta pena mi sarei fatta.

Ma all'epoca era quello che volevo – ricordo il desiderio, la smania di uscire prima dal lavoro per avere il tempo di preparare sontuosi banchetti nel bel mezzo della settimana, di trasformare la sua esistenza in uno spettacolo, un'allegra commedia di vita domestica troppo chiassosa per sentire altro. E quando mi stancavo di tutto questo e mi veniva da piangere perché avevo sbagliato qualcosa, un soufflé si era sgonfiato, avevo rotto una ciotola – o quando lui si offriva di aiutarmi –, quelle erano le poche volte in cui mi arrabbiavo davvero con lui. «No» gli dicevo «tu resta dove sei e me ne occupo io». Ovvero: *Non ti muovere da lì. Mi prenderò cura di te.*

Lui mi aveva privato di una parte di me, ma anche io stavo prendendo qualcosa da lui. Gli stavo togliendo la capacità di vivere senza di me. Gli anticipavo i soldi dell'affitto, cucinavo per lui, gli lavavo i vestiti, cosicché un giorno nell'immediato futuro non sarebbe più stato capace di ricordare come avesse fatto finora senza di me, e non sarebbe stato capace di immaginare come farlo di nuovo.

7.

A giugno abitavamo insieme da quasi tre mesi. Faceva caldo, e mi sono accorta che avevo iniziato a guardare le donne che lui avrebbe guardato, come se abitassi dentro di lui. Quando il fine settimana ce ne andavamo a spasso insieme per Dublino e quel po' di sole che c'era ci costringeva a vestirci di meno, iniziavo a vederle attraverso i suoi occhi.

Non ero mai stata attratta dalle donne se non in modo occasionale, ma adesso me ne accorgevo esattamente come mi accorgevo di un bell'uomo. All'inizio succedeva solo quando ero con lui: incrociavamo una bella ragazza, io la notavo per prima, e i miei occhi guizzavano verso i suoi che la guardavano. Ogni volta lo vivevo come un tradimento, ma dentro di me ero anche raggiante per aver imparato a riconoscere le donne che lo attraevano. Adesso non riesco a immaginare quale uso avrei fatto di una simile informazione.

Presto ha iniziato a succedermi anche da sola. Mentre camminavo per andare al lavoro, attraverso il quartiere di Portobello e oltre il canale dove superavo altre impiegate e donne in forma che facevano jogging, gli occhi cercavano istintivamente quelle che a lui (e adesso a me-e-lui) sarebbero piaciute. Non c'era un vero e proprio tipo in termini di etnia e colore della pelle, ma se avessi dovuto identificare degli elementi comuni avrei detto lineamenti sottili e delicati, forse una predilezione per quelle dall'eleganza semplice, occhi grandi e sognanti, una suggestione di fragilità e sensualità. Capelli lunghi, clavicole sporgenti.

Le notavo e memorizzavo, guardandole con un briciolo di pruriginosa lussuria e di quell'impotenza che provavo di fronte a chiunque Ciaran trovasse attraente oltre a me. Da questo mio panico non si salvava nessuno. Una volta mi ha accennato a quando aveva perso la verginità, quindici anni prima, con una bella ragazza di nome Jessica. Ho ribollito di gelosia per settimane. Jessica. Jessica. Mi chiedevo se sarei riuscita a rintracciarla avendo soltanto il suo nome, per guardarla, confrontarla, classificarla.

Accumulando queste donne che incontravo per strada, archiviandole dentro di me, cercavo di proteggere me stessa il più possibile. Cercavo di registrare ogni minaccia nei dintorni, per prepararmi ad affrontarla al meglio. Ma la mia mente si era fusa così tanto con la sua che volevo queste donne come le avrebbe volute lui. Il desiderio con cui le guardavo era apatico e sicuro di sé, come sarebbe stato il suo, e la mia mente vagava verso di loro in quel modo invadente ed esplorativo che associo alla spinta della penetrazione.

Di solito il mio sguardo si posava su di loro per un po', e poi tornava al suo bersaglio originario.

8.

Un sabato di luglio, un terrorista di estrema destra ha sparato a tre persone a Malmö. Il killer, vestito da prete cattolico, aveva aperto il fuoco nei giardini della chiesa di Sankt Petri dove nei giorni di sole gli impiegati trascorrevano la pausa pranzo in mezzo ai turisti.

Una delle tre vittime era un bambino giapponese di sette anni in vacanza con i genitori, le altre due erano donne del posto che lavoravano lì vicino.

Io e Ciaran eravamo tornati a casa dopo aver comprato giornali e caffè quando ha letto la notizia online. È impallidito e si è alzato, borbottando qualcosa di impercettibile, trafficando con il cellulare. Poi è uscito di corsa in corridoio, dove l'ho sentito camminare e parlare a voce bassa. Non capivo cosa dicesse. Sono rimasta immobile, fissando il mio caffè e le mie gambe nude con il fiato sospeso. Mi sono sforzata di tenere gli occhi aperti, immobili e asciutti, finché non si sono riempiti di lacrime. Freja adesso viveva a Malmö, e io lo sapevo.

Era una pazzia che, in un momento simile, la gelosia mi penetrasse nel cervello, anche solo temporaneamente, che mi paralizzasse, ma ero innamorata e dunque pazza, e posso solo essere contenta di non essere più pazza a quel modo, a prescindere dalle altre cose che ho perso.

È tornato nella stanza, soltanto le guance un po' arrossate, e ho capito che non le era successo nulla. Si è seduto senza guardarmi e ha aperto il giornale con un'energica scrollata, come fanno nei film i padri di famiglia a colazione. Ho aperto il sacchetto con le brioche e le ho messe su un piatto, sapendo già che quel giorno non avrei toccato cibo. Dentro di me ho sentito qualcosa che non provavo da molti anni, ovvero il desiderio di punire qualcuno non mangiando.

Quand'ero più piccola lo facevo sempre, un istinto inutile ma imprescindibile verso qualcuno che si era comportato male con me. Di solito erano ragazzi che non ricambiavano il mio amore o che non mi amavano nel modo in cui avrei voluto, ma poteva capitarmi anche con genitori, insegnanti, chiunque non mi desse le conferme di cui avevo bisogno. Non intendeva essere una risposta razionale; ovviamente sapevo che non si sarebbero mai accorti che non stavo mangiando, e anche se se ne fossero accorti, non avrebbero capito di esserne la causa.

Era un dolore privato e per questo migliore: mi lasciavo torturare, senza il loro consenso.

Ho tolto i coperchi dai caffè e senza pensarci ho versato del latte in entrambi – Ciaran lo prendeva nero. «Ehi» ha mormorato protestando, al che ho stretto il bicchiere di cartone con troppa forza facendo fuoriuscire il liquido bollente che è gocciolato sul suo portatile e sulle sue scarpe. L'orrore ha inondato il mio corpo e mi si è serrata la gola. Ciaran ha urlato: «Ehi, ma che cazzo!» e si è alzato di scatto dalla sedia, spazzando via il liquido dai pantaloni.

«Scusa, scusa» continuavo a ripetere, e: «Tieni», prendendo un tovagliolo e cercando di rendermi utile. Lui ha scalciato – non con intenzioni violente, non per farmi male, ma per tenermi lontana in modo efficace, come fossi un cane.

«Levati dal cazzo e basta, ok?» ha detto, è andato in bagno e ha chiuso la porta a chiave.

In ginocchio ho pulito il caffè sul pavimento e ho strizzato il tappeto nel lavello. Ho messo il bollitore sul fuoco per riempire un secchio e passare lo straccio. Mentre il bollitore fischiava, ho sentito Ciaran uscire di casa.

Sono andata alla finestra, ho guardato in strada e l'ho visto sbucare fuori, la luce del sole che gli illuminava i capelli biondi dando la fugace impressione che avessero preso fuoco, e si è avviato verso il canale di buon passo, senza esitazioni, come camminava sempre. L'ho guardato finché non è scomparso, e poi sono andata in camera, ho aperto il computer e ho cercato Freja.

9.

In una foto Freja ha dita lunghe inarcate nel suo caschetto nero e folto. Guarda dritto in camera, o forse guarda il fotografo, con un'intensità tormentata. Ha la schiena appoggiata a una sedia e divarica le gambe come farebbe un uomo, una posa che, se sei magra ed elegante, non può che apparire bella. Una giacca da uomo bianca le ricade sulle ossa sporgenti e sul seno piccolo e perfetto.

Clic.

Nella foto successiva è seduta sulla sabbia al tramonto, solleva le mani in direzione del sole, guarda con gli occhi socchiusi il fotografo facendosi ombra. Indossa un abito rosso a motivi cachemire, che le cade da una spalla, e un paio di stivali da cowboy. Sorride e ha denti bianchissimi.

Clic.

In un'altra balla nell'angolo di un bar, illuminata dal bagliore di un jukebox e di un distributore di sigarette. Ha la testa reclinata, gli occhi chiusi, una maglietta nera e jeans neri, classico abbigliamento tosto da cowboy, che calza a meraviglia sul suo corpo da tipa tosta. Dalla bocca le pende una sigaretta – assomiglia a Patti Smith o a una ragazza della Manson Family particolarmente carina.

Clic, clic, clic.

10.

Controllavo gli account di Freja tutti i giorni – la mattina andando in ufficio, o seduta al parco con un caffè in pausa pranzo. Controllavo Facebook e Instagram e se avevo tempo la cercavo su Google e seguivo i link per trovare nuovi indizi.

Cercavo i suoi amici, quelli che la taggavano nelle foto, per vedere se ne avevano postate altre con lei (l'avevano fatto), e che genere di bar e ristoranti frequentavano.

Il momento migliore era quando Ciaran usciva il venerdì sera e avevo la casa tutta per me. Usciva da solo soltanto di venerdì, quando dopo il lavoro vedeva i suoi amici delle gallerie d'arte per bere, mangiare una pizza e spettegolare di mostre e di loro stessi.

Quando avevamo iniziato a vivere insieme, a volte andavo con lui, ma erano insopportabili serate tra maschi. Spesso ero l'unica donna e mi ero abituata a venire ignorata e interrotta mentre parlavo. Di tanto in tanto, uno di loro si ricordava di essere educato e si rivolgeva a me con pratica determinazione dicendo: «E tu cosa ne pensi?» come se fosse questo il senso di una conversazione. Una volta, quando ormai tacevo da un'ora mentre chiacchieravano di un saggio di Hal Foster, uno di loro mi si è avvicinato e mi ha chiesto se lo avessi letto.

«No, chi è?».

«Un teorico» ha detto in modo gentile.

«Non amo la teoria, preferisco la pratica» ho detto, provando a farli ridere, cosa che alcuni hanno fatto, con lentezza.

La parte di me a cui piaceva essere un accessorio di Ciaran si sentiva gratificata dallo star seduta calma e immobile e zitta accanto a lui, non mi veniva chiesto altro se non di essere attraente, piacevole e socievole, ma di lì a poco la noia è diventata troppa e preferivo starmene a casa.

Malgrado il vago terrore che mi tradisse, non vedevo l'ora che arrivassero quei venerdì sera. Era l'unico momento della settimana in cui restavo da sola. In passato, l'idea di trascorrere un'ora o due da sola mi disturbava, ma adesso, tranne che al lavoro, ero praticamente sempre con Ciaran, e i miei venerdì sera in solitudine mi davano lo spazio per fare ricerche su Freja e bere.

Tornavo a casa alle cinque o alle sei, con una bottiglia di vino e un pacchetto di sigarette, aprivo il computer e accendevo la tv su qualcosa di non impegnativo, una soap opera piena di intrighi e sesso, o un reality show con una profusione di adolescenti bionde che guardavano i loro cellulari.

Mi mettevo in pigiama, che era sempre un paio di vecchi boxer logori di Ciaran e una maglietta, e mi rannicchiavo nell'angolo del divano. Mi versavo un bicchiere di vino, accendevo la prima sigaretta, inspiravo e in quel momento mi sentivo completamente in pace. A quel punto iniziavo a cercare Freja.

Dedicavo ai vecchi post gran parte del tempo. Non aggiornava spesso i suoi social ed ero risalita agli ultimi quattro anni di materiale. Ma non riuscivo mai a esaurire questo maledetto desiderio di studiarla, di farmi strada dentro di lei, di vederla nel modo in cui la vedeva Ciaran. Sfogliavo vecchi album con foto di loro due insieme.

La mia mente tentava di guardare quelle foto con gli occhi di un'estranea. Le osservavo e poi, il più velocemente possibile, passavo a una foto di noi due insieme, cercando di confrontarle. Eravamo una coppia ben assortita come lo erano stati loro? Eravamo altrettanto belli? Lui sembrava innamorato di lei, mentre non lo sembrava di me?

Sapendo che anche Freja faceva ricerche su di me, guardavo anche i miei account. Rivedevo foto vecchie di anni. Provavo a vedermi come mi vedeva lei. Cancellavo le foto meno lusinghiere, furiosa all'idea che probabilmente le avesse già viste. Guardandomi, mi sforzavo di entrare nella sua mente, così come entravo in quella di Ciaran quando per strada incrociavamo ragazze che pensavo si volesse scopare.

Verso le otto o le nove di sera ero ubriaca, con la televisione che borbottava in sottofondo, fumando una sigaretta dopo l'altra e, sapendo che Ciaran non sarebbe rientrato prima di quattro ore o giù di lì, uscivo a comprare un'altra bottiglia di vino. Con lo sguardo annebbiato, mi infilavo i primi vestiti che trovavo e lungo la strada mi sbarazzavo della bottiglia vuota. L'indomani ne avrebbe trovata soltanto una – se lo aspettava, e tollerava il fatto che una volta alla settimana mi ubriacassi. Ma due bottiglie lo avrebbero allarmato e confuso, avrebbero innescato una discussione, così la fracassavo allegramente dentro un cassonetto, brilla e compiaciuta al pensiero rassicurante che ne era in arrivo un'altra.

2019, Atene

Prima di aver mai baciato un ragazzo, un giorno ho camminato chilometri e chilometri con la mia migliore amica d'infanzia, Bea, leggendole poesie d'amore da un libro che avevo comprato mettendo da parte tutti i miei spiccioli. Come Freja, Bea era di una bellezza pulita. Come Freja, aveva la pelle ambrata ed era scheletrica di natura. Aveva grandi occhi azzurri e distanti, gambe e braccia lunghe, era buona e tranquilla. Già all'epoca, a tredici anni, era molto più gentile di me. C'era un motivo: una persona così bella non aveva ragione di essere crudele. Con quanta invidia ne ammiravo la bellezza, la pulizia, il profumo di bucato fresco, l'adorazione che le riservavano i ragazzi e il modo in cui lei li teneva a distanza. Io mi rotolavo sempre nel fango.

Invidio le donne distaccate. Non ho mai avuto quel lusso.

11.

Dopo alcuni mesi mi sono resa conto che, invece di incoraggiarlo come facevo un tempo per dimostrargli di essere dalla sua parte, adesso ignoravo il disprezzo insensato con cui infarciva le sue storie. Ora le trovavo noiose e inutili.

Eppure gli rispondevo con gioia maniacale. A volte ero veramente felice e spensierata e altre fingevo di esserlo, ed è diventato sempre più difficile capire la differenza. Era come se lui avesse prosciugato la casa di tutta la negatività disponibile e quindi io temevo che da me ne fuoriuscisse un pochino, rompendo così l'equilibrio.

Dopo cena, ci sedevamo sul divano di pelle appiccicoso e lo ascoltavo strimpellare la chitarra, o lo guardavo con la coda dell'occhio scrivere sul suo taccuino, in ansia, fingendo di leggere, chiedendomi se fossero poesie su di lei.

Quando controllava il cellulare il mio cuore accelerava, sentivo il sangue scorrere nel mio corpo così spossato, ero incapace di pensare ad altro. Fissavo un punto vuoto oltre la pagina e poi lentamente i miei occhi invadevano il suo spazio e mi sforzavo così tanto di sbirciare per capire se era con lei che stava chattando che mi pulsavano le tempie.

Mi mordevo le dita, strappando sottili pellicine, frantumandole tra i denti digrignanti e ingoiandole.

Poi andavamo a letto, dove avrei voluto restare per sempre, dove lo sentivo finalmente e veramente mio, il suo odore così familiare e la morbidezza del suo corpo avevano la meglio su ogni altra sua asperità.

Assaporavo avida il lusso di interi indefiniti pomeriggi dei fine settimana in cui non facevamo altro che scopare e chiacchierare, il rumore della porta che si chiudeva il venerdì lasciando fuori i problemi e concedendoci di diventare noi stessi.

Nel mio ricordo, ci svegliavamo tardi, pigramente esploravamo i confini del letto, bisbigliavamo e ci prendevamo cura l'una dell'altro fino all'ora di pranzo. Leggevamo sul divano con le gambe intrecciate, ordinavamo la cena, bevevamo vino e al crepuscolo tornavamo a letto.

Un tempo dev'esserci stato qualcosa del genere, qualcosa che lo faceva sembrare possibile.

Devono esserci stati dei fine settimana dove le mura di casa significavano ciò che dovevano significare, ovvero che da soli stavamo bene.

Devono esserci stati momenti del genere per dimostrarmi che non era colpa mia né sua se mi sono sentita così umiliata e triste, ma era colpa di tutto il resto del mondo.

Se un momento del genere (e ne basterebbe uno solo) non c'è stato, come posso averci creduto così tanto, così a lungo, settimana dopo settimana, mesi interi?

12.

Mio padre ha incontrato Ciaran una sola volta, quando è venuto a Dublino per un funerale. Andava sempre ai funerali, malgrado fosse ben lontano dai sessant'anni. Andava ai funerali di tutti gli amici dei suoi genitori e anche dei propri, inclusi ex colleghi con cui non parlava da decenni.

Non lo faceva per una qualche macabra pulsione che si osserva talvolta in chi sta vivendo una fase di stallo, e nemmeno per un riluttante senso del dovere. Piuttosto, sembrava mosso da una generosa volontà di rispetto, un desiderio genuino di essere testimone. È sempre stato bravo a capire gli altri, e credo sia il motivo per cui è così benvoluto da tutti. Fa sentire le persone come se le loro vite fossero uniche e interessanti, cosa che, per quanto vera, è difficile da provare.

Dopo il funerale – questa volta di un compagno di scuola a cui era molto legato da bambino – ha bevuto qualche birra e poi ci ha raggiunto da Neary's in fondo a Grafton Street. Era leggermente ubriaco, cosa che ho capito solo dal suo sguardo appannato. È stato cordiale e affettuoso con Ciaran, che, con mio grande sollievo, era passabilmente socievole. Si stava sforzando, e la sua istintiva freddezza poteva essere interpretata come semplice deferenza nei confronti di un padre e una figlia che si aggiornavano sulle rispettive vite.

Quel giorno io e Ciaran eravamo abbastanza felici, ci tenevamo per mano e ci siamo avvicinati l'una all'altro quando mio padre è andato a prenderci da bere. Ho notato che, mentre chiacchieravamo tutti e tre, il suo bel viso pulito era in uno stato di costante e insolita affabilità. Mio padre gli ha chiesto del suo lavoro e lui ha fatto commenti autoironici sulle sue stupide recensioni, pur lasciando intendere che aveva un ruolo di una certa importanza.

«Il mio caporedattore mi ha chiesto di recensire uno spettacolo con toni diciamo "entusiastici" – era uno spettacolo di suoi vecchi amici, non so se mi segue – ma una volta che prendi quella strada non sai mai come va a finire, giusto, Thomas?». E mio padre ha concordato, ridacchiando, come se lo sapesse.

Ero felicissima che mio padre potesse vederlo sotto quella luce. Verso la fine della serata ho iniziato distrattamente a mordermi l'unghia del pollice e Ciaran mi ha preso il polso e me l'ha allontanato dal viso senza smettere di parlare con mio padre. Se fossimo stati da soli non ci avrei fatto caso e ne sarei stata anche un po' compiaciuta: era un gesto intimo. Ma ho incrociato lo sguardo di mio padre e allora ho lasciato cadere le mani in grembo, e poi mi ci sono seduta sopra.

Usciti di lì, mentre andava a prendere il pullman per Waterford, mio padre mi ha abbracciato e ha detto che era felicissimo di aver conosciuto Ciaran.

«E... siete sempre così gentili l'uno con l'altra?» ha chiesto. Ero sollevata che fosse questa l'impressione che gli avevamo dato, che fossimo capaci di cose simili, ma poi ho visto che c'era altro nella sua espressione, quella tenera urgenza che assumeva quand'ero adolescente e voleva che mi confidassi senza impormelo.

«Sì» ho risposto. «Sempre». Poi mi ha dato un bacio asciutto e caloroso, che è finito goffamente tra l'occhio e la bocca, e mi sono voltata per tornare dentro da Ciaran.

OTTOBRE 2013

1.

Un sabato sera siamo andati a vedere un film al vecchio cinema Screen su Hawkins Street. Era da tutta la settimana che aspettavo di uscire con lui, di vestirmi bene e andare poi a bere qualcosa. Lungo la strada, Ciaran era rilassato, loquace e ha sfilato il braccio da una manica del cappotto per coprire anche me, così da stringerci l'uno all'altra come in una corsa a tre gambe. Davamo fastidio ai passanti sul marciapiede e ridevamo di loro.

Il film era un rocambolesco thriller con Brad Pitt, e dietro di noi un gruppo di adolescenti di tanto in tanto strillava e scoppiava a ridere quando qualcuno li zittiva. Ho sentito il buonumore evaporare da Ciaran e il suo corpo irrigidirsi, vigoroso e aggressivo. Ho cercato la sua mano per stringerla e rassicurarlo, e lui l'ha lasciata lì calda, asciutta, inerte sotto il mio tocco.

Ogni volta che i ragazzi facevano rumore, il mio stomaco vacillava e non riuscivo a non guardare di nascosto Ciaran che alla fine mi ha sussurrato seccato: «Smettila di fissarmi» e ha tolto il braccio dal mio grembo. Ho guardato davanti a me, in preda al panico, chiedendomi se avrei dovuto proporre di andarcene, ma poi il baccano si è placato e ho pensato che forse era tutto ok e l'avevamo scampata, prima che quelli ricominciassero a schiamazzare per le tette di un'attrice o per un mucchio di cocaina.

«Ce ne andiamo?» gli ho bisbigliato, ma mi ha ignorato.

Sono rimasta un'ora seduta immobile, paurosamente

consapevole di ogni secondo che trascorreva, in attesa degli schiamazzi successivi. Quando alla fine i ragazzi hanno iniziato a scavalcare i sedili e a lanciarsi cibo, Ciaran si è voltato e ha detto: «Potete stare zitti, cazzo?». Ho serrato gli occhi mentre lo prendevano in giro ripetendo quello che aveva detto, esagerando il suo accento e ridendo a più non posso. Era inaccettabile, Ciaran non tollerava le prese in giro, così si è alzato e se n'è andato, uscendo dal lato opposto rispetto a dov'ero seduta io per non coinvolgermi, portarmi per mano con sé o scavalcarmi. L'ho seguito, allontanandomi dai gridolini trionfanti dei ragazzi.

Fuori, si stava accendendo una sigaretta.

«Mi dispiace moltissimo» ho detto.

«Cosa ti dispiace?».

Non lo sapevo.

«Ce ne andiamo a bere qualcosa e basta?» ho chiesto, infilando un braccio sotto il suo cappotto, intorno alla vita.

«Col cazzo, è sabato sera – a quest'ora tutti i locali saranno pieni di idioti».

Ho evitato di fargli notare che era lo stesso sabato sera di prima del film, un sabato sera in cui era felice di andare a bere, in cui, quello stesso pomeriggio, aveva discusso con me sul bar dove andare.

«Allora possiamo comprare cibo e vino o quello che ci pare e andare a casa, no? Guardiamo qualcosa o ascoltiamo i dischi?». Adesso cominciavo a disperarmi e lo sentivo nel tono della mia voce.

«Cosa stai dicendo? Abbiamo cenato prima di uscire, vuoi mangiare ancora?».

Non volevo mangiare, e nemmeno scalpitavo per bere, volevo solo avere qualcosa da fare insieme per ritrovare il buonumore, un'attività che desse forma alla notte e che permettesse di concluderla facendo sesso, rimettendo tutto a posto e rendendo le cose sopportabili. Siamo rincasati in silenzio. Ho infilato un braccio sotto il suo, e me lo ha lasciato fare.

«Stai bene?» ho chiesto dopo qualche minuto.

«Sì» ha detto e ha continuato a guardare altrove.

«Ok! Volevo solo esserne sicura» ho detto.

Una volta in casa si è messo abiti più comodi, ha preso un libro e ha iniziato a rollarsi una canna.

«Faccio del tè?» ho chiesto.

«Come preferisci» ha detto, in modo abbastanza gentile adesso.

«Ma tu ne vuoi?».

«È uguale».

«Lo faccio solo se lo prendi anche tu».

«Perché?».

«Stai bene?» ho chiesto di nuovo.

«Sto bene, cazzo! Cristo santo!».

Mi sono voltata e sono andata a preparare il tè.

«Ho fatto qualcosa?» ho chiesto dopo qualche minuto, dopo che si era messo a leggere.

«Di che stai parlando?».

«Sembri arrabbiato con me».

«Non sono arrabbiato con te». Teneva gli occhi sul libro. «Non ce l'ho con te».

«Perché non mi parli?».

«Perché dovrei parlarti? Se non ti parlo non vuol dire che ce l'ho con te. Devo parlarti tutto il tempo, cazzo? Viviamo insieme, sono sempre qui, non posso parlarti tutto il tempo solo per intrattenerti. Cristo santo, a volte sembra di vivere con una mocciosa».

Ho annuito, sapendo che era vero. Ho cominciato a piangere.

«Scusa, Ciaran. Mi dispiace davvero».

«Perché stai piangendo? Sei pazza, lo sai, vero? Adesso stai piangendo senza che ce ne sia assolutamente motivo. Stai piangendo perché non sono arrabbiato con te».

«Scusa, scusa, lo so. Solo... ti prego, potresti, ti prego, ti prego...». E dal momento che non sapevo come finire la frase, né di cosa lo stessi pregando, sono andata avanti così, ho continuato a chiedere, chiedere, chiedere.

2.

Mia madre ha chiamato per sapere quando sarei tornata per festeggiare il mio compleanno. Ogni novembre, per il mio compleanno, tornavo a casa e cenavo insieme ai miei genitori, un rito che avevano conservato quando si erano separati e durante il quale si tiravano frecciatine innocue in un modo che avevo imparato ad apprezzare e che mi rassicurava. Era bello ricordare che un tempo erano stati insieme e che non erano sempre stati queste versioni ormai permanenti di se stessi, intrappolati nella mezz'età.

Era anche bello accontentare la parte di me che pensava ardentemente che noi tre saremmo tornati uniti – non era uno scenario che desideravo in alcun modo pragmatico, ma uno a cui pensavo negli stessi termini astratti con cui pensavo a Dio e al paradiso, irreali ma sacri. Non volevo che mia madre lasciasse Stíofán, che supplicasse mio padre di riprenderla con sé e che tornassero a vivere nella stessa casa; volevo solo un blando ideale platonico di noi come famiglia. Mi veniva in mente quando pensavo alla morte: se fossi stata sul punto di morire, avrei voluto stare con loro due, mangiare come la famiglia che eravamo un tempo, per sentirmi in pace e integra un'ultima volta.

Ho detto a mia madre che non ero sicura di riuscire ad andare. Mi ero messa in testa che io e Ciaran avremmo fatto una gita, cosa mai successa prima.

«E se ce ne andassimo da qualche parte?» gli ho chiesto una sera a letto. Lo guardavo con affetto mentre sfogliava una rivista, il torso nudo, gli occhiali, i capelli umidi, delizioso.

«Non abbiamo soldi» ha detto allegramente. A volte mi sembrava che ci godesse a guadagnare così poco, che la sua capacità di vivere senza agi né lussi fosse così superiore a quella di chiunque altro.

«Be', mica dobbiamo andare all'estero» ho detto, avvolgendo intorno al dito uno dei ricci sulla sua nuca e liberandolo gentilmente, ancora e ancora. L'incavo del suo sterno – mi sono chinata e ci ho premuto il naso contro. «Potremmo andare un fine settimana da qualche parte in Irlanda».

Ha smesso di leggere e ha sorriso guardandomi giochereIlare con il suo corpo.

«Be', in effetti credo che dovrei visitare altri posti dell'Irlanda. È stupido trasferirsi in un altro paese e stare sempre fermi, no? Sono stato solo qui e da mio padre».

«Esatto!» ho detto, adesso entusiasta e sentendo il brivido dell'inebriante maturità che un fine settimana fuori implicava.

Forse ci saremmo portati un thermos in treno, forse avrei indossato qualcosa di speciale – magari, chissà, ero una di quelle persone che portano i cappelli?

L'indomani, al lavoro, ho guardato siti di sconti e offerte di alberghi e infine ho prenotato due notti in un b&b a Galway per il fine settimana del mio compleanno. Ho messo in valigia le cose del nuoto – ero orgogliosa di poter nuotare nell'oceano in qualunque periodo dell'anno – e un abitino nero nuovo con una scollatura profonda e bottoncini di perla in vita. In treno mi si è spezzato il cuore nel vedere la felicità di Ciaran.

«Amo i treni» continuava a mormorare; con una mano sul finestrino mentre guardava il paesaggio, e lasciando scivolare l'altra su di me, per stringermi il ginocchio. L'ho fissato e quando ha ricambiato il mio sguardo ha incrociato gli occhi e fatto un gran sorriso, ridendo della sua stessa gioia. Abbiamo fatto i cruciverba insieme, bevuto caffè, mangiato barrette di cioccolato e poi ha detto: «Perché il caffè ha un sapore così buono se lo bevi mangiando delle cose dolci?».

A Galway si gelava e il cielo era limpido e magnifico. Ho detto che saremmo dovuti andare in spiaggia finché c'era ancora luce e mentre camminavamo verso Salthill lui era ancora felice. Mi sono resa conto che non aveva visto granché della vera Irlanda. Passava tutto il tempo a lasciarsi innervosire dal trantran cittadino di Dublino, ma quelle erano dinamiche tipiche delle metropoli e non avevano molto a che vedere con quella particolare città.

«Dovremmo fare gite più spesso» ha detto.

In fondo alla piattaforma della Blackrock Diving Tower, mi sono tolta zaino e cappotto e lui ha riso.

«Non starai pensando seriamente di entrare in acqua, giusto?».

Ho inarcato le sopracciglia e ho continuato a spogliarmi rimanendo in bikini e lui si è messo a scherzare cercando di coprirmi con la sua giacca. Faceva davvero troppo freddo e se fossi stata da sola avrei lasciato perdere, ma la sua incredulità mi aveva scatenato una spavalderia dissennata e non c'era modo di tornare indietro. Anche una coppia anziana che passeggiava assisteva alla scena e ho riso per l'attenzione e per lo shock del vento sul mio corpo nudo, e poi ho corso e mi sono tuffata.

Tornata in superficie, annaspavo in cerca dell'ossigeno che sembrava non arrivare e sono rimasta lì a galla fino a quando il cuore non ha rallentato un poco, poi ho fatto qualche bracciata frettolosa. Ho alzato lo sguardo e Ciaran mi stava sorridendo e gridava: «Brava! Brava!».

Quando sono risalita sulla piattaforma, mi aspettava per avvolgermi con un telo da mare e il mio cappotto e mi ha leccato l'acqua salata dalle orecchie dicendo: «Sei bella».

Poi siamo tornati in taxi al b&b, che era più distante dalla città di quanto pensassi, ma una volta arrivati era assolutamente perfetto. Abbiamo fatto la doccia e indossato i morbidi accappatoi godendoci la novità, prima di iniziare a baciarci e spogliarci nuovamente per avvinghiarci l'uno all'altra. Mentre muovevo la mano verso il suo inguine mi ha fermato dicendo: «No. Voglio aspettare. Voglio che lo desideri per tutta la notte».

E ho sentito la testa leggera. Mi sono morsa il labbro e ho inspirato a fondo.

Aveva messo in valigia degli abiti buoni e mi sono commossa nel guardarlo mentre si vestiva, una bella camicia celeste morbida e una cravatta bianca, ed era così bello, così definito e virile ma così dolorosamente delicato che avrei voluto fotografarlo, o dipingerlo, o farlo posare per me tutta la notte invece di uscire. Sembrava il ritratto della superiorità, la pubblicità dell'uomo ideale.

Avevo deciso di portarlo in un ristorante gestito da un'amica di Lisa, una donna il cui fascino eccentrico era così esagerato e intenso che faticavo anche solo a parlarle. Era il tipo di persona che organizzava eventi pieni di ospiti con abiti mozzafiato, nelle paludi o in vecchi accampamenti militari dismessi, usando solo prodotti a chilometro zero. Durante la passeggiata gli avevo parlato di lei e lui aveva detto: «Oh, ne ho sentito parlare; collabora con un artista che abbiamo intervistato il mese scorso per la rivista».

Mi ero sentita intelligente e orgogliosa per aver involontariamente scelto qualcosa di correlato ai suoi interessi. A cena ha ammirato la sala spoglia con la sua manciata di tavoli. Era come i ristoranti di Copenhagen, ha detto, e felice e spensierato ha mangiato tutto quello che c'era sul gustoso menu. Avevo pensato che se anche Ciaran non fosse stato in grado di apprezzare il cibo come me, quantomeno poteva godersi l'estetica dei piatti, pile di ramoscelli disposte ad arte e cose che non ti saresti mai aspettato venissero messe sott'aceto, ma a quanto pareva sì, e minuscole creature di mare di cui non avevo mai sentito parlare.

Più tardi, in strada, ubriaca per una specie di cocktail alle alghe, ho chiesto: «E adesso?».

«Andiamo a bere. Voglio andare in uno di quegli autentici pub con i séparé, dove vanno gli anziani».

L'ho portato al Tigh Chóilí ed è rimasto dietro di me mentre aspettavamo ci servissero, un braccio intorno alla mia vita e una mano che mi accarezzava le cosce sotto l'abito così da farmi arrossire confusa, ed è stato allora che l'ho visto. Il barista era un tizio di Waterford con cui ero uscita per un po' alla fine del liceo e con cui poi avevo continuato ad andare a letto saltuariamente durante le vacanze di Natale o i festival estivi. Michael, di poco più grande di me, una persona dolce che suonava la batteria e non faceva chissà cosa ma amava bere, era amico dei miei amici d'infanzia e con me era gentile.

«Michael!» ho detto e istintivamente ho dato uno strattone per togliere la mano di Ciaran da sotto il mio vestito.

Abbiamo chiacchierato per non più di trenta secondi – si era trasferito a Galway, sì, qui c'era parecchio movimento, il tempo così passa comunque più in fretta, ma posso avere due pinte di Guinness? – e poi mi sono voltata, con un enorme sorriso e il cuore che mi batteva forte. Temevo di trovare quello che sapevo avrei trovato, ovvero che le cose si erano rovinate nell'arco di quel minuto, che avrei passato il resto della serata a cercare di tornare con le unghie e con i denti al benessere di prima, e che non ci sarei riuscita. Siamo rimasti lì in piedi in silenzio, spintonati dalla folla, aspettando le birre, e poi siamo usciti e ci siamo appoggiati a un muro.

«Chi era quello?» ha chiesto.

«Un amico di Waterford».

«Perché mi hai allontanato quando l'hai visto?».

«Non ho... io...».

«Sì che l'hai fatto. Mi hai allontanato appena l'hai visto. È un tuo fidanzato?».

«No, no, assolutamente no».

«Allora è uno che ti sei scopata?».

Non ho detto nulla, sono arrossita.

«Stai arrossendo» ha detto, prendendomi in giro. «Te lo sei scopato?».

«Non è niente, non è nessuno di importante».

«Che significa niente? Non era niente quando te lo scopavi?».

L'ho guardato, annuendo tristemente in silenzio.

«Incredibile».

«Non è una tragedia, Ciaran; anche tu sei andato a letto con altre, no?».

«Sì, ma non le incontro così a caso, non sono così tante da apparire dietro i banconi dei bar di varie città».

«Ti prego».

«Ti prego cosa?».

Abbiamo bevuto per qualche minuto in un silenzio soffocato.

«Mi dispiace. Ti prego, possiamo dimenticarcene e passare una bella serata?».

«Va bene» ha detto, ma non mi ha parlato né guardato, e quando abbiamo finito le birre ha detto che voleva tornare in camera. Non siamo riusciti a trovare un taxi e la camminata sembrava durare un'eternità, in mezzo a campi sudici e neri come la pece.

«Perché questo cazzo di posto è così lontano? Non potevamo dormire in città?» ha chiesto, e ho cercato di non scusarmi di nuovo, sapendo che avrei peggiorato le cose.

Arrivati nella nostra stanza, si è svestito e ha spento le luci mentre mi stavo ancora spogliando. Sono andata a letto muovendomi con cautela, l'ho trovato di spalle e ho allungato un braccio per toccarlo. Con la mano sono risalita lungo le scapole, gli ho accarezzato il collo e poi mi sono avvicinata, mettendogli un braccio intorno alla vita e toccandolo sotto la maglietta.

«Smettila» ha detto, senza muoversi. «Dormi e basta».

«Non riesco a dormire se sei arrabbiato con me».

«Non sono arrabbiato con te».

«Allora perché non posso toccarti?».

«Perché non voglio. Non volerlo è una ragione sufficiente, no?».

«Certo, ma almeno parliamone e risolviamo la cosa».

Non ha risposto, e il suo respiro si è fatto regolare e profondo.

«Dimmi solo a cosa stai pensando» ho detto, ma non c'è stata risposta.

L'insulto implicito nella sua indifferenza mi ha colpito all'improvviso e mi ha fatto arretrare, togliere le mani e tornare nel mio lato del letto. Mi sono messa a piangere in silenzio, arrabbiata con me stessa e triste per la gita rovinata, e ho continuato sempre più forte, tirando su col naso.

Riuscivo a sentire che era sveglio e temevo o speravo che mi rimproverasse perché piangevo e facevo rumore ma è rimasto così, di spalle, rigido e vuoto.

3.

Ho passato molte notti piegata in due sul pavimento del bagno. Non mi chiudevo dentro per proteggermi da lui. Lo facevo quando lo supplicavo di perdonarmi, di rispondermi, di dirmi qualcosa, e lui non lo faceva. A volte durava ore, e per punire entrambi per l'umiliazione mi chiudevo dentro e iniziavo a tagliarmi.

Che stai facendo lì dentro? immaginavo dicesse, bussando alla porta. *Ti prego, non farti del male.*

Avrei voluto che facesse come un mio vecchio fidanzato: aveva stretto i miei avambracci pieni di ferite e croste, fragili e pallidi come ramoscelli fossilizzati, mi aveva guardato con preoccupazione e aveva detto: «Promettimi che non lo farai mai più».

4.

O anche che facesse come aveva fatto una volta un tizio che lavorava in un grande magazzino, ovvero girarsi dall'altra parte disgustato.

Avevo all'incirca quindici anni, facevo shopping con le amiche, ed ero all'apice della mia folle capacità di tollerare il dolore. Per quanto mi sforzassi, niente sembrava scalfirmi.

Quando l'uomo si era avvicinato, offrendo campioncini di un profumo Marc Jacobs (profumo che ricordo incastonato nella spaventosa bellezza di quel periodo della mia vita, le icone anoressiche dalle gambe lunghe della mia giovinezza appese alle pareti della mia stanza, il glamour fiorito e vagamente malato che infettava tutto quello che toccavo, Mischa Barton, Nicole Richie, taglia XS e borse iconiche), le mie amiche avevano accettato senza dire una parola, un po' distrattamente, continuando a scorrere gli abiti con la mano libera.

Ho fatto lo stesso, porgendo il polso sbadatamente mentre guardavo un abito con le piume che desideravo, e quando l'uomo si è avvicinato per mettermi il profumo, ha tirato su delicatamente la manica e ha spruzzato in modo automatico, notando troppo tardi le ferite aperte.

Ha sussultato e mi ha guardato con curiosa repulsione, e io ho allontanato il braccio coprendo con la manica i tagli, che adesso bruciavano in maniera preoccupante. Ho continuato a fare shopping, ma mi sono sentita macchiata dal giudizio di quell'uomo.

5.

Invece da Ciaran non arrivava niente. Non è mai arrivato niente, ed è diventato impossibile ferirmi con la rabbia convincente di un tempo. Ero diventata di riflesso debole e protettiva, non ero più capace di farmi del male senza pensarci, senza la paura del dolore che sarebbe seguito nei giorni a venire, quando avrei fatto la doccia o mi sarei vestita.

Dentro di me le cose ribollivano, esplodevano e germogliavano, e sei metri più in là Ciaran sedeva guardando fuori dalla finestra, fumando sereno, con un libro in grembo, un orizzonte indefinito di immobilità e silenzio. Un'enorme paura mi gonfiava il petto mentre me ne stavo lì rannicchiata stringendomi il corpo, il mio corpo, a cui mi sembrava andassero attribuite le colpe di tutto quello che mi succedeva. In quei momenti sapevo che se fossi riuscita a diventare sempre più piccola, sempre più invisibile, se fossi riuscita a rimpicciolirmi, allora mi avrebbe amato del tutto e veramente; e che chiunque altro – oh, tutti – lo avrebbe fatto.

Quella consapevolezza, che sentivo in modo chiaro e inconfutabile come una legge scientifica, come la natura, come il fatto stesso di avere un corpo, mi faceva impazzire. Mi schiumava nel cervello, frustrandomi per la sua vicinanza e impossibilità – perché l'esperienza mi insegnava che anche se potevo affrontare il problema a livello pratico, con calorie e carboidrati e addominali, non ci sarebbe mai stato un osso abbastanza sporgente, una taglia abbastanza piccola da permettermi di raggiungere il posto dove avrei voluto essere.

6.

A conti fatti non era sempre così, con Ciaran erano più i momenti belli di quelli brutti, ed è per questo che non me ne andavo.

Non c'è sensazione migliore, per me, dello svegliarmi nel cuore della notte, tirare fuori una mano dalle coperte e dire, ancora mezza sognante: «Ti amo da morire» e vedere l'altro che si gira verso di me automaticamente e dice, assonnato: «Ti amo anch'io».

Non c'è mai stata una droga o un amico o un cibo che ci si sia minimamente avvicinato.

7.

I colleghi mi trovavano eccentrica e mi trattavano con amichevole sospetto, ma ero immancabilmente piacevole e anche quasi benvoluta, sorridente e pronta ad annuire e chiacchierare dei figli di qualcuno, o a farmi carico di un po' di lavoro in più se qualcun altro voleva andare via prima.

Quando rifiutavo le inesauribili scatole di cioccolatini e biscotti che si passavano tra loro, lodavano il mio straordinario autocontrollo, e si rimproveravano per la loro ingordigia. Ridacchiavo, alzavo gli occhi al cielo con modestia e tornavo a guardare lo schermo del computer (dove facevo copia-e-incolla di lunghi articoli su documenti Word e mail in modo da passare tutta la giornata a leggere, dando comunque l'impressione che fossi impegnata).

Non sapevo cosa dire: come spiegare che davanti a loro avrei preferito cagare invece che mangiare cioccolato? Come spieghi una cosa così, la vergogna che avrei provato nel partecipare alla catena alimentare dell'ufficio?

O che avrei preferito che di me non sapessero altro che il nome e la zona dove abitavo e se facevo il mio lavoro più o meno bene?

Non li volevo, non volevo i loro commenti sdolcinati e troppo confidenziali. Temevo che vedessero cosa mangiavo, che sapessero cosa mi succedeva dentro, perché più mi conoscevano, più ero costretta a interpretare con sincerità il ruolo che recitavo, e più difficile sarebbe diventato stabilire la differenza tra la me stessa al lavoro e la me stessa a casa.

8.

Ogni tanto mi telefonava la mia amica Christina. Una o due volte al mese vedevo lei e una manciata di altri amici, sempre subito dopo il lavoro e mai per più di due ore. Quando me ne andavo, non dicevo mai perché dovevo andarmene, o dove, e loro non domandavano.

Un venerdì sera in cui non avevamo niente in programma, mi ha chiamato. Ero appena tornata a casa e stavo preparando la mia bottiglia di vino, il pacchetto di sigarette, il computer e il cellulare per rannicchiarmi, bere, dare un'occhiata al profilo di Freja e guardare programmi di merda in tv.

«E dai, non è niente di che ma ci saranno tutte e dovresti venire anche tu. Quand'è stata l'ultima volta che hai fatto serata come si deve?».

Sapevamo entrambe che era da un anno o più che non passavo un'intera serata con qualcuno che non fosse Ciaran.

«Vieni adesso» ha detto «così ci vestiamo, beviamo qualcosa da me e andiamo insieme. Comunque devi venire, è tornata Lisa da Berlino».

Nel sentirlo e pensare a Lisa, ho provato un dolore strano e irreale al petto.

Sembrava un'altra vita quella in cui avevamo vissuto insieme. Ho pensato alla sua faccia da imbranata, all'odore di terra del suo giubbotto di pelle e alla tenera spavalderia del suo passo, così sproporzionato rispetto a quel suo ego così piccolo. Ho pensato alla nostra convivenza. Eravamo autonome, potevamo trascorrere intere giornate felici senza rivolgerci la parola, io a leggere sul divano e lei a disegnare sul tavolo, passandoci le sigarette. Eppure c'era anche una piacevole sensazione di autocontrollo. La nostra forza combinata arricchiva quel silenzio, trasformava in una casa le stanze che condividevamo. Insieme avevamo fatto quello che non ero riuscita a fare con Ciaran.

Eppure. Non ero in grado di uscire. Non potevo non esserci al rientro di Ciaran o, ancor peggio, non potevo restare e farmi trovare sbronza.

«N... no» ho balbettato, e ho sentito Christina sospirare impaziente all'altro capo del telefono. «Ma dimmi cosa farete. Voglio sapere che programmi avete».

E ho chiuso gli occhi, ho respirato lentamente mentre lei mi descriveva come sarebbe andata la serata, anche se già lo sapevo.

Avrebbero bevuto vino e prosecco a casa di Christina, si sarebbero truccate. Alle dieci sarebbero andate al pub, avrebbero fumato Marlboro al mentolo e bevuto rum e coca o gin tonic o altro vino bianco. Avrebbero svoltato l'angolo per raggiungere il Workman's Club e sarebbero rimaste lì fino a quando non si fosse riempito di teste di cazzo e non fosse arrivato qualche ex con una nuova ragazza. Avrebbero speso un sacco di soldi in cocktail scadenti.

Tornando a casa sarebbero passate da DiFontaine's per un trancio di pizza. Il personale del locale avrebbe alzato il volume della musica e lasciato che la gente si comportasse come a un afterparty a patto che nessuno perdesse il controllo.

E a quel punto, se erano tutte d'accordo e non erano troppo stanche, sarebbero tornate a casa di una di loro, avrebbero preso pasticche o tirato coca o bevuto altro vino, ascoltato musica, fumato un altro milione di sigarette e sarebbero crollate l'una sull'altra sul divano, ridendo e ballando e magari baciandosi, e sarebbero rimaste sveglie almeno fino alle sei o alle sette e, se erano particolarmente su di giri, qualcuna avrebbe fatto un salto al negozio e preso ancora da bere e avrebbero continuato così per tutto il giorno, oppure avrebbero sonnecchiato per qualche ora e poi si sarebbero alzate a mezzogiorno per andare a mangiare, tutte stropicciate e con gli occhi pesti di trucco sbavato, e avrebbero riso di quanto erano state idiote la sera prima.

Ha finito, poi un leggero *clic* e ha riagganciato.

9.

Un lunedì sera stavo sbucciando le patate da affettare per una torta salata di cui avevo letto la ricetta sul giornale il sabato prima.

Per noi era stato un fine settimana insolitamente tranquillo. Quando a un certo punto Ciaran aveva smesso di parlarmi o rispondermi senza una ragione, ero riuscita a gestirlo, mi ero sentita meno agitata del solito, ed ero andata in camera da letto a leggere. L'indomani mattina era stato piacevole e affettuoso e avevo riflettuto con distacco su quanto poco riuscissi a capire i suoi cambiamenti di umore.

Quel lunedì sera ero stanca per via del lavoro – era stata una giornata con più riunioni e chiacchiere forzate del solito – e mi faceva male la schiena per quanto ero stata china sul computer, me n'ero accorta solo al momento di andare via. Avevo la sensazione che tutti i miei muscoli si fossero cementificati insieme e andassero separati.

Mentre stavo in piedi davanti al lavello, mi è partito un dolore sordo alla base della colonna vertebrale, e all'improvviso ero furibonda. Non volevo stare lì, da sola, a cucinare per un'altra persona. Provavo il desiderio tossico e viscerale di comprare una pizza surgelata e una bottiglia di vino senza pensare neanche lontanamente ad altro.

Desideravo con una violenza raggelante il vuoto di quella serata: quante ne avevo sprecate in passato, senza apprezzarne il lusso.

È una rabbia particolare, infuriarti perché stai facendo

qualcosa che nessuno ti ha chiesto. Ed è una frustrazione particolare provocata dalle faccende domestiche. Mi si consolidava dentro, sentivo come se il mio sangue, scorrendo, si sporcasse lentamente.

A ogni buccia di patata imprecavo contro Ciaran e la casa, anche se sapevo che ero stata io a implorare – talvolta anche letteralmente, implorare in ginocchio – di avere il privilegio di vivere in questa casa con lui, nel modo esatto in cui vivevamo. Ero stata io a scalpitare per la vita domestica, per la monotonia rassicurante della nostra routine condivisa, per la sicurezza di sapere che era con me che dormiva ogni notte.

Avevo implorato di stare lì davanti al lavello, avevo implorato proprio per quella patata, viscida nella mia mano.

L'ho sentito entrare, stava parlando al telefono. L'ho sentito togliersi lo zaino dalle spalle, appendere il cappotto e andare in camera da letto. Ho smesso per un istante di pelare le patate e mi sono sforzata di sentire cosa diceva. Le parole non si capivano ma dal tono particolare della voce sapevo che era Freja.

Che tono era? Non stava esattamente flirtando. Se l'avesse fatto, mi sarei sentita più incoraggiata a oppormi alle loro conversazioni semi-regolari.

Era più che altro un tono cauto, attento e reticente. Ma c'era un'inconfondibile tenerezza sottesa che avevo sentito rivolta soltanto a me, una timidezza arrendevole assente dalle sue solite sparate gratuite contro galleristi, artisti, giornalisti o amici.

E mi feriva e affascinava perché era bellissimo da ascoltare.

Quando non era rivolto a me era un tono molto più semplice da cogliere, perché appena lo sentivo non riuscivo a fare a meno di esaminarlo e preoccuparmi, esagerando nell'interpretazione, o analizzandolo in cerca di sarcasmo. Separato da me, percepivo la realtà di quel tono e di altre parti di Ciaran che non erano fredde e minacciose. E mi rattristava, perché significava che non ero riuscita a portarle alla luce; o peggio, che erano lontanissime da me.

Faceva attenzione a non parlare con Freja troppo spesso o a non darle molta importanza. Era necessariamente relegata al medesimo status di altri amici in Danimarca con cui parlava ogni tanto. L'unica cosa che lo spingeva fuori da quel territorio neutro erano gli aggiornamenti sulle avventure sessuali di lei. Freja gli accennava di essere andata a letto con un loro conoscente, o un amico lo informava ridendo delle imprese fascinosamente squallide di lei: il locale da dove era stata buttata fuori perché l'avevano trovata in ginocchio nel bagno degli uomini, la volta che si era scopata un tizio in un parco per poi darsi una ripulita e uscire con un altro.

Tutte cose che Ciaran mi riferiva infuriato, chiedendosi ad alta voce perché Freja non si desse una calmata, perché non rispettasse se stessa. Non sapevo mai cosa dire, divisa tra la tentazione di incoraggiare quel disgusto e l'orrenda sensazione del suo legame persistente con lei. E poi mi stupiva l'idea che da qualche parte là fuori lei vivesse una vita così oscena pur essendo ancora l'oggetto del suo amore e della sua fascinazione. Io ero qui, dentro casa, sicura e utile come un lavello.

Ho trattenuto il fiato mentre parlavano e quando si è messo a ridere sommessamente per qualcosa che aveva detto, ho premuto la lama affilata sul pollice il più a lungo possibile e poi l'ho mossa rapidamente verso il basso. Ho sanguinato nello scolapasta bagnato e pieno di patate sbucciate, finché Ciaran non è uscito dalla camera da letto e gli ho fatto vedere che avevo rovinato la cena.

«Non fa niente» ha detto, sedendosi con un libro. «Ordiniamo qualcosa». E mi sono voltata verso il casino che avevo fatto, furiosa, ribollente, desiderando da morire che si arrabbiasse con me.

10.

A Ciaran non piaceva vedermi ubriaca, cosa che avevo sempre saputo e accettato, come accettavo che non gli piacessero le uova, o la narrativa contemporanea – era solo una cosa in più. E comunque, non mi era mai importato. Perché all'inizio della nostra relazione e della nostra convivenza, il mio desiderio più grande era piacergli ed essere amata da lui. Non era il mio unico desiderio ma oscurava tutti gli altri, per cui quando io volevo bere e Ciaran no, ne prendevo atto e non ne facevo un problema.

Una sera eravamo al Lidl vicino a casa nostra. Non gli piaceva venire a fare la spesa con me e quando veniva mi infastidiva – una persona a cui non piace il cibo non potrà mai rispondere in modo convincente se le chiedi di scegliere tra diverse varietà di lattuga – ma avevo preso l'abitudine di insistere perché mi accompagnasse.

«Altrimenti mi annoio» dicevo, ma in realtà intendevo: *Voglio che ti annoi anche tu*.

Non capivo perché dovesse risparmiarsi tutte le seccature.

(Devo ricordare, continuare a ricordare, che non voleva mai venire, non voleva mai venire, non voleva mai venire – ero io a supplicarlo).

Avevo annotato il menu della settimana e stavo via via spuntando gli ingredienti quando siamo passati dalla corsia dei vini e ho sentito una specie di prurito.

«Vorrei bere del vino a cena» gli ho detto. «Tu vuoi una birra o qualcos'altro?».

Ho evitato di guardarlo, perlustrando gli scaffali, cosicché non potesse zittirmi con una semplice occhiata.

Stavo facendo una prova.

Volevo costringerlo a darmi delle ragioni, ad alta voce.

«No» ha detto, con un po' di stupefatta inquietudine – non era il fine settimana, quando era scontato che proponessi una cosa del genere. «Non prendere il vino, è mercoledì».

«Perché no?» ho chiesto, continuando a guardare altrove, scorrendo le etichette dei Rioja con un dito indagatore.

«Perché... non ti fa bene» ha detto, e dirlo era una novità anche per lui.

Per me era una specie di vittoria.

Non aveva mai detto ad alta voce perché non gli piaceva che bevessi.

Adesso era stato costretto a dire qualcosa di concreto, qualcosa di ragionevole e su cui discutere.

Mi sono voltata a guardarlo, con finta innocenza.

«Ma non ti importa che io fumi?».

Ciaran fumava. Ciaran era quello che mia madre chiamava un "fumatore incallito" ovvero un fumatore che non passa giorno senza fumare, un fumatore che va in ansia sugli aerei.

Da ubriaca fumavo di continuo, sì, ma altrimenti le sigarette le ignoravo. Per me erano come l'alcol, una specie di pausa dai pensieri e dalla vita quotidiana, un eccesso da fine giornata.

«Perché non ti importa che fumi, se ti importa che beva?» ho continuato priva di espressione, godendomi il suo disagio.

«È che... fumare ti fa male, sì, ma bere interferisce con le cose, ti impedisce di essere efficiente».

«Non avrò i postumi per mezza bottiglia di vino, e neanche per una bottiglia intera» ho detto. «Non mi succederà niente. Lo sai che il mio lavoro è facile».

«Fai come ti pare» ha concluso irritato e si è diretto impettito verso le casse. Ero riuscita a ottenere una vittoria su di lui, lo sapevo, anche se l'avrei pagata con il silenzio.

A casa mi sono riempita un bicchiere cucinando e l'ho bevuto lentamente, soddisfatta, mentre lui mi ignorava.

Finita la cena, ho continuato a bere mentre leggevo un libro finché non è arrivata l'ora di andare a letto, ho sciacquato con cura la bottiglia vuota e l'ho messa nel bidone del vetro mentre Ciaran mi guardava dal divano.

Pensavo che quanto accaduto avrebbe indebolito la sua posizione, l'ipocrisia di chi fumava tutto il giorno, ma alla fine l'ha solo reso più forte. Ha deciso di alzare la posta, sostenendo che le preoccupazioni per la mia salute legittimavano in modo inattaccabile il suo disprezzo.

Mi mandava via mail studi su giovani professioniste che sviluppavano la cirrosi, e tabelle con le calorie contenute in ogni bicchiere. Quando mi soffermavo a guardare allo specchio una rughetta intorno agli occhi, si chinava sulla mia spalla e spiegava che bere mi avrebbe fatto invecchiare più rapidamente, concludendo con un affettuoso bacio sulla testa.

Quel suo atteggiamento ha iniziato presto a invadere anche altri aspetti della nostra vita. Le mattine in cui andavo al lavoro in autobus invece che a piedi mi rimproverava. Se mi lamentavo di un vestito che non mi entrava più, o se nel bel mezzo di una crisi depressiva piagnucolavo triste per il mio aspetto fisico, mi spiegava con pazienza che se fossi diventata vegana, sarei dimagrita – del resto Freja era vegana.

Una volta è andato dal dentista per delle otturazioni ed è tornato a casa osannando le virtù del filo interdentale.

«Non voglio usarlo» dicevo la mattina mentre cercava di costringermi, e io mi dimenavo per sfuggire alla sua presa e uscire di casa prima che si mettesse le scarpe e mi raggiungesse.

«Non mi IMPORTA se lo usi o meno» mi ha urlato una volta. «Voglio solo che capisci questa cosa, che capisci cosa ti sto dicendo: un giorno ti cadranno tutti quei cazzo di denti, e la colpa sarà tua, non mia».

Una fredda domenica mattina, ci stavamo preparando per fare una passeggiata in città, pranzare fuori e andare al cinema. Eravamo accanto, lui si radeva e io mi lavavo i denti. Eravamo di buonumore, mi faceva l'occhiolino dallo specchio del bagno ogni volta che incrociava il mio sguardo.

Ho sputato nel lavandino e stavo per risciacquare la schiuma dalla bocca quando mi ha stretto un polso e l'ha tenuto fermo sul rubinetto.

«Lo vedi questo?» ha chiesto.

«Co... cosa?» ho gridato, spaventata.

Ha studiato attentamente lo sputo, poi ci ha messo un dito e lo ha allargato, frugando dentro. Una striscia sottile di un rosso acceso lo venava.

«Sangue» ha detto. «Questo è sangue. È una malattia. Ecco cosa succede se non usi il filo interdentale. Adesso lo vedi?». Ha premuto la sua mano sulla mia nuca, anche se non in modo sgarbato, e lentamente mi ha costretto ad avvicinare la testa allo sputo, così da riuscire a vederlo bene; era a un millimetro dal mio naso; ho sentito la gola che mi si gonfiava.

Visto?

11.

Da quel momento ho iniziato a bere di più in sua presenza, una o due birre prima di cena quasi ogni sera, vino quando si avvicinava il fine settimana.

Raramente ero ubriaca, e faceva parte del gioco. Se mi fossi ridotta a biascicare mentre lui se ne stava lì seduto sobrio, avrei perso definitivamente la partita. Le sue ragioni non dette sarebbero state confermate. Ma se riuscivo a bere e a mantenere un contegno, non avrebbe più avuto le basi per manifestare il suo evidente disgusto.

C'erano cose in me che avrebbe avuto tutte le ragioni di criticare. Non facevo mai esercizio fisico, mi sentivo inadatta come da bambina all'ora di ginnastica. Quando mi rimproverava (lui che andava in bici dappertutto e avrebbe potuto correre chilometri), l'unica cosa che potevo fare era abbassare gli occhi e dire: «Lo so, lo so».

Ma l'alcol era un'altra storia. Se l'avessi costretto ad arrabbiarsi perché bevevo, sarebbe sembrato ridicolo. Dopotutto mi comportavo in modo comicamente posato. Me ne stavo seduta a leggere gli inserti domenicali, dopo aver cucinato piatti nutrienti e creativi, tenendo in mano un civilissimo bicchiere di discreto vino rosso, consapevole che l'unica cosa inappropriata e trasandata era il rossore sul viso e la leggera eccitazione sessuale che mi provocava irritarlo.

Poi una sera sono tornata casa e l'ho trovato che svuotava bottiglie di vino nel lavello, e anche se non ho detto niente ne sono stata deliziata.

Quando gli ho chiesto cosa stesse facendo, ha risposto che voleva stabilire delle nuove regole per la casa.

Voleva che fumassimo di meno, ha detto, per la nostra salute e perché l'appartamento puzzava. E dal momento che bevevo solo quando fumavo, avremmo semplicemente stabilito la regola che fumare – e quindi bere – era permesso una sera soltanto.

Solo una, potevo scegliere quale.

«E tu?» ho chiesto.

«Sì, vale anche per me» ha risposto, e ho quasi riso all'idea che volesse imporlo anche a se stesso.

«Bene» ho detto. «Buona idea, tesoro». E gli ho dato un bacio sulla guancia morbida e non rasata, strofinandoci il naso.

Di solito tornavo a casa una o due ore prima di Ciaran e mi sono resa conto che avrei potuto bere prima che arrivasse per continuare dopo il suo ritorno.

Per esempio, nei giorni in cui era permesso bere, potevo tornare a casa per le cinque e mezza con due bottiglie di vino, finire la prima, buttare il vuoto, e aspettarlo con il primo bicchiere pieno e una sigaretta accesa.

La bottiglia quasi piena avrebbe aspettato lì insieme a me per dimostrare che era tutto in ordine. Sarebbe stato facilissimo nascondere a Ciaran che avevo bevuto – rispetto a me era un dilettante.

Ed è proprio quello che facevo. A volte con un po' di fatica, quand'ero in ritardo. Ricordo di aver ingollato il fondo di una bottiglia di rosé in un'unica sorsata rumorosa, gli occhi sull'orologio, ed essere andata di corsa al cassonetto perché avevo solo pochi minuti per disfarmi della bottiglia.

Ma la notte, quando finivamo di guardare i film o la tv, e lui si era bevuto le sue birre e io avevo finito la mia seconda bottiglia, quando stavamo per andare a dormire – allora sapevo che ne era valsa la pena. Chiudevo gli occhi e sentivo il delizioso stordimento di essere segretamente e silenziosamente sbronza, e di averla fatta franca, di essere un tipo di persona, e anche un altro tipo.

E poi c'era il sabato pomeriggio. Ho iniziato a inventarmi una vita sociale.

«Oggi Christina vuole prendere un caffè con me» dicevo, oppure: «Lisa è tornata da Berlino, quindi andiamo al cinema e poi ceniamo insieme» e lui distoglieva a stento lo sguardo da quel che stava scrivendo o disegnando o dal modulo che stava compilando.

Con disagio mi sono resa conto che non mi aveva mai imposto di smettere di vedere i miei amici, come mi ripetevo segretamente nella testa. Non gli interessavano. Ero stata io a impormelo.

Mi preparavo, mi mettevo davvero in ghingheri, abiti svasati, cardigan morbidi e stivaletti, indossavo il cappello, mi mettevo il rossetto rosso. Mi truccavo alla perfezione, come succedeva ormai raramente, e camminavo fino a un piccolo bistrot che si chiamava Chez Max ai piedi del castello di Dublino.

Quando Lisa viveva a Dublino, io e lei ci andavamo spesso a bere il loro rosso della casa e a dividerci zuppe di cipolla e patatine fritte, fumando troppe sigarette.

Lungo la strada compravo due giornali, pieni di inserti speciali, e li disponevo davanti a me sul tavolo, mi sedevo sotto la lampada riscaldante, mi levavo il cappotto e posavo le sigarette vicino ai giornali. Facevo un cenno ai camerieri, che sapevano già cos'avrei ordinato. Me ne restavo lì tutto il pomeriggio a sorseggiare vino, fumare e leggere.

Mi trattavano come una celebrità perché andavo spessissimo, da sola, e si vedeva che mi ero sforzata di apparire carina. Non riuscivo a capire se mi ammirassero o gli facessi pena ma non mi importava. Era diventato il momento più atteso della settimana.

Perché non incontravo davvero le amiche che dicevo avrei incontrato? Avrei potuto, erano ancora in città, se gliel'avessi chiesto avrebbero ancora voluto vedermi.

Non è che non le volessi vedere. È che volevo mentire. Volevo che ci fosse qualcosa che Ciaran non poteva sapere.

12.

A poco a poco il sesso con lui ha smesso di eccitarmi.

Il suo corpo era ancora notevole, di una bellezza priva di difetti, com'era sempre stato. Avrei ancora potuto passare ore a esplorarlo, meravigliandomi della sua grazia innata, del suo bagliore da star del cinema. E sì, è vero, ero ancora capace di dimenticare temporaneamente tutto, quando dormiva o giaceva quasi addormentato e lasciava che mi rannicchiassi accanto a lui e gli accarezzassi con il viso le cosce lunghe e forti dal pelo incredibilmente morbido. Era sempre lo stesso, aveva il sapore giusto, l'odore sempre buono.

Ma c'era qualcosa di irreale in lui, quasi da bambola. Faticavo a percepire il suo tocco. Le cose che facevamo un tempo e che mi trasformavano in un filo vibrante di pura eccitazione, adesso quasi non le notavo. Era una strana sensazione avere le sue belle dita lunghe che disegnavano dei cerchi sui miei capezzoli, ricordare abbastanza chiaramente come un tempo quel bisogno mi avesse stordito, e adesso non sentire più quasi niente.

Riuscivo a fingere la passione, avendo imparato da tempo i movimenti, ma mi turbava il fatto che non capisse la differenza, quando tremavo e ansimavo raggiungendo un finto orgasmo. Avrei potuto fingere sin dall'inizio, pensavo, per quel che ne sapeva lui, e mi sentivo al tempo stesso orgogliosa e terrorizzata dalla mia solitudine, dall'impossibilità di essere conosciuta.

Riuscivo a bagnarmi solo quando glielo succhiavo, quando gli spostavo le mani sulla mia testa, incitandolo a usarmi così. Alzavo gli occhi verso di lui e solo allora riuscivo a sentire qualcosa di ciò che provavo un tempo; il potere di quella smorfia maschile, quella vecchia e affidabile angolazione.

A volte era un po' rude, ma capivo che lo faceva per gentilezza, sapendo che mi piaceva.

Una volta gli avevo detto che mi piaceva che gli uomini fossero rudi con me, senza descrivere con esattezza cosa mi piaceva, o perché, e cosa mi eccitava. Ma dato che l'avevo detto una volta, era convinto di sapere tutto quanto c'era da sapere, ed ero troppo imbarazzata per tornare sull'argomento. Ero troppo imbarazzata per dire: *No, così non basta.*

Per dire: *Lo vedo che ci stai provando, ma la verità è che è meglio di niente vederti mentre studi in che modo prendermi, vedere che decidi e fai quello che credi sia meglio per me.*

Voglio che sia tu a volerlo fare. È l'unico modo. Voglio che tutto sia fluido e naturale come il movimento con cui schiacci una mosca, che sia parte della tua fisiologia.

Mi odi, pensavo a volte, *quando mi vedi bere o piangere o tagliarmi, ma non mi odi nel modo giusto.*

Il tuo disgusto è addomesticato. Ho paura che il tuo disprezzo sia quello di un marito ordinario – non il disprezzo scintillante e sessuale che mi mostravi quando mi guardavi dall'alto in basso, prima che ti sconfiggessi.

2019, Atene

Forse la cosa che temo più di tutte è perdere il sesso. Il sesso è così straordinario perché è una delle poche cose nella vita adulta che ti permette di uscire completamente da te. C'è una pura unicità nel sesso che non lascia spazio ai soliti ragionamenti. Tutte le cose che amo di più – sesso, amore, bere – sono così.

Lo so che ciò che voglio dovrebbe contare. Che ciò che desidero io dovrebbe essere importante quanto ciò che pensi tu quando mi guardi, ma tutte le cose che mi eccitano, che mi rendono fisica, vorace e forte come un uomo, riguardano cose che mi vengono fatte. Sono sempre cose che mi vengono fatte. Raramente sono cose che faccio io.

Quando ero più giovane, ed ero ancora convinta di essere orrenda, immaginavo sempre che il mio fosse un corpo che gli uomini amavano possedere, ma non guardare. Trasformavo l'immaginazione in verità impedendo a quegli uomini di guardarmi. Facevo l'amore al buio e poi mi coprivo, goffa e infantile.

Una volta, a diciassette anni, durante un viaggio a Berlino, ho esposto questa mia teoria a un uomo che si chiamava Luca. Era più grande di me, avrà avuto venticinque anni, ed era nel gruppo con cui ero in vacanza. Non lo conoscevo bene come conoscevo gli altri ed ero attratta dalla sua risata arrogante e dalla disinvoltura con cui liquidava le cose che non erano di suo gusto, che fosse un libro o una persona o un cibo. Eravamo ubriachi e seduti su un marciapiede a Kreuzberg e gli ho confidato quello che provavo in uno stupido slancio di onestà. È sembrato comprensivo e ha risposto dicendo cose dolci e rassicuranti.

Più tardi quella sera, dopo essere stati tutti buttati fuori da un locale, la nostra amica Sophie parlava di yoga, di come l'avesse aiutata a stare meglio e a diventare più forte. A un tratto Luca si è girato verso di me e ha detto con un lento sorriso: «Forse dovresti farlo anche tu» e quella crudeltà noncurante mi ha talmente spiazzato che ho cominciato a piangere dentro il bicchiere di vodka.

Traballando mi sono allontanata dal gruppo e ho vagato senza meta fino a quando ho trovato un prato su cui collassare e sguazzare nella mia assurda tristezza. Una donna anziana segnata dagli anni, che nell'alba calda di luglio indossava strati di cappotti, si è avvicinata, mi si è seduta accanto e mi ha offerto il vino che stava bevendo. «È per un uomo?» ha chiesto, e ho annuito, anche se non era quello che credeva lei. La sera dopo, come previsto, io e Luca siamo finiti a letto.

Facevo di continuo errori del genere, cercando approvazione dalle persone peggiori, ma tutto quello che ottenevo erano conferme delle paure che avrei dovuto esorcizzare. Luca e altri come lui mi confermavano che ero davvero un oggetto costruito per essere usato e procurare piaceri basici – ma non per essere guardato con piacere, non per essere bello o puro. E così il sesso era la cosa su cui potevo contare, un'espressione ultima del mio scopo. Ho imparato ad apprezzarlo quanto bastava per truccarmi e mascherare l'assenza di bellezza; ho imparato ad amarlo, a fidarmi abbastanza da rendere sicuro e divertente il mio percorso attraverso i luoghi che frequentavo e abitavo.

Certe volte quel talento spariva senza preavviso. Sono ingrassata tanto e rapidamente durante alcune crisi, i miei vestiti non mi entravano più e andavo in giro curva e spaventata. Soffrivo spesso di inspiegabili eruzioni allergiche, che facevano esplodere la pelle del mio viso in strane e antiestetiche piaghe rosse intorno a occhi e bocca. Mi facevano sembrare malata e smunta, di vent'anni più vecchia. Camminare per Dublino diventava una specie di inferno, tutti i miei espedienti più collaudati per rimorchiare svanivano in un istante. Un uomo iniziava a studiare il mio corpo e giunto al viso arretrava. La cosa mi feriva così profondamente che faticavo a comportarmi in maniera normale e a volte smettevo del tutto di agire, restando a letto finché non ritornavo a essere più o meno accettabile.

Senza il sesso non so più chi sono. Non so come accedere ai modi di stare al mondo che mi procurano sollievo e gioia. Tutto quello che faccio, in un modo o nell'altro, è legato al sesso. Le canzoni che ascolto, tutte legate a qualcuno che mi ha ossessionata. I film che mi spezzano il cuore, enormi e magnifici occhi che inondano lo schermo, mostrando dinamiche impossibili, una passione che non si esaurisce e non finisce perché può sempre essere riavvolta e rivista.

E soprattutto, la sensazione di vagare in una città sconosciuta: scendere da un aereo in abito corto e occhiali da sole, pregando speranzosa per un'avventura, sentendomi vista, resa di nuovo reale dagli sguardi ammirati o incuriositi degli altri; allora sento che potrei essere chi voglio, iniziare nuove storie, vivere migliaia di vite.

13.

Una notte, avrò avuto otto o nove anni, mi sono alzata, ancora confusa dai sogni e in cerca di un bicchiere d'acqua. Quando ho aperto la porta della cucina, illuminata dalla luce soffusa del corridoio, c'era una delle fidanzate di mio padre che dormiva seduta al tavolo con una sigaretta in mano. Le si era aperta la vestaglia, così da mostrare i piccoli seni cadenti sul torace, e quella visione mi ha atterrito.

Nei momenti più strani, negli anni, ho ripensato a lei – ci sono circa una dozzina di immagini della mia infanzia simili a questa, di partner dell'uno o dell'altro genitore, momenti che ero troppo giovane per capire o contestualizzare e così mi sono rimasti intrappolati dentro (il pasticciere francese che è uscito dal bagno sorridendo con il cazzo che penzolava fuori dai boxer, sussurrando qualcosa che non riesco a ricordare).

La fidanzata non era brutta né vecchia, non era la sua senilità a disturbarmi. Da sveglia era attraente, magra e vivace, e se ho memorizzato quella notte è solo perché quella visione mi ha insegnato che la nudità di una donna non sempre è erotica, e nemmeno è sempre piacevole, a volte è piuttosto patetica.

14.

Una sera, pochi giorni prima di Natale, Ciaran ha dimenticato il computer al lavoro e ha chiesto di usare il mio per mandare delle mail. Quando ha finito, mi sono accorta che non era uscito dal suo account, e mi sono ricordata di quando, in un'epoca che sembrava lontanissima, ero rimasta nella sua cucina, all'alba, a leggere i messaggi interminabili, disperati e adoranti di Freja.

Mi sono sentita male per l'improvvisa ondata di potere e possibilità che avevo davanti. Non c'era limite di tempo. Potevo guardare ogni singola cosa che aveva mai detto di me, o anche di lei. Potevo vedere finalmente come mai avevano fatto pace a Natale e poi si erano lasciati, cosa pensava quand'era tornato con me, se era stato sincero nel farlo.

Nei giorni successivi ho letto attentamente le sue mail in ogni momento libero che avevo in ufficio. Ero sempre più nauseata. Sentivo di riempirmi dei suoi minimi dettagli. Ero colma di lui, come un insetto gonfio di sangue.

Ma erano tutte cose irrilevanti e che sapevo già.

Questa invasione era peggiore della precedente perché era futile. La prima volta perlomeno avevo avuto buoni motivi per scandalizzarmi.

Adesso ero solo annoiata. C'erano cose crudeli, certo, cose difficili da digerire: gli stucchevoli tentativi di lei di sminuire me e il mio aspetto; il bisogno frenetico di lui di continuare a rassicurarla sul fatto che fossi solo temporanea, niente di concreto, niente di minimamente paragonabile a lei.

E allora? pensavo, scorrendo le mail.

Volevo leggerne ancora, essere ferita. Volevo vedere che continuava a tradirmi, che pianificavano di scappare insieme, che volevano uccidermi.

Volevo liste di tutti i miei difetti fisici, di tutte le cose per cui potevo essere derisa e di tutti i bersagli della loro divertita pietà.

Era volgare e deludente. Erano solo due idioti confusi, che non facevano altro che convincersi e dissuadersi di qualunque cosa. Non erano sfortunati, erano solo indecisi e così dipendenti da non riuscire a stare lontani l'uno dall'altra perché non avevano capito come immaginare qualcosa di diverso.

Avevo rinunciato a così tanto per essere parte di quel dramma e adesso vedevo com'era brutto il mio ruolo, com'era scadente il copione.

Ho continuato a guardare, per cercare qualcosa che giustificasse la ricerca, finché non sono risalita a molti anni prima, a prima che lo conoscessi. Le aveva mandato una foto di loro due a letto, lui in ginocchio su di lei e con il cazzo in mano sulla sua vagina gonfia e nuda. Ho guardato, orribilmente costretta, e poi ho fatto rapidamente logout e ho cancellato il suo account dal computer.

Quella sera ho sognato di essere Ciaran che scopava Freja. Avevo già sognato di andare a letto con lei, o di guardare lui che lo faceva, ma nel sogno ero lui, piena di lui, satura di lui, era il mio cazzo rigido e rosso a strofinarsi su di lei.

Da quel momento non sarei mai più stata veramente gelosa di lei. I sentimenti sarebbero rimasti lì da qualche parte, ogni volta che parlava di lei o la vedevo online, ma solo come automatismo. Erano distanti, non erano più davvero parte di me. Era come se per anni avessi indossato una cintura troppo stretta, e all'improvviso la mia carne fosse stata sostituita da qualcos'altro, da qualcosa di inanimato. Il dolore c'era ancora, ma non ero più io a provarlo, succedeva a una statua.

GENNAIO 2014

1.

Una volta all'anno, dopo Natale, Ciaran andava a trovare il padre, Peter, che viveva vicino alle Wicklow Mountains.

Quando Ciaran aveva sette anni, Peter aveva lasciato moglie e figlio in Danimarca. Ogni tanto riappariva a Copenhagen, spettinato, segnato dagli anni, astioso e ubriaco, e portava il figlio a cena.

Più passava il tempo e più cresceva l'odio di Ciaran per la vacuità di quel gesto occasionale e per lo stesso Peter. E forse avvertendo il crescente malumore del bell'adolescente fragile seduto davanti a lui, anche Peter diventava più duro e beffardo.

Nel gennaio del 2014 sono andata a trovarlo insieme a Ciaran, dopo aver trascorso il Natale a Waterford. Abbiamo preso un treno, poi un pullman, poi un taxi fino a casa sua, un cottage in affitto quasi inagibile, gelido, lurido e ammuffito. Peter abitava lì già da molti anni, per cui la sua routine era radicata nella sporcizia di quel luogo. Aveva la sua caffettiera a infusione e i suoi fornelli che teneva puliti, e una scrivania dove scriveva interminabili lettere sull'inaccettabile degrado di strade e servizi locali, indirizzate a giornali che non le pubblicavano mai. Tutto il resto lo ignorava.

Era uno spettacolo vedere quel vecchio di fronte a Ciaran. I lineamenti erano ancora belli, anche se l'aspetto era brutalmente trascurato, la pelle rossa e chiazzata. Sembrava che avesse atteso tutto l'anno, conservando le energie in quella sua piccola grotta, per avere la forza di distruggere il figlio. Derideva qualunque gesto, per quanto trascurabile, con il maniacale crescendo di un comico folle. Ha imitato così a lungo il modo di fumare effeminato di Ciaran che le vene hanno iniziato a pulsargli pericolosamente sulle tempie, macchie livide gli si allargavano sulle guance.

Ci ha servito la cena, purè di patate e pollo alla Kiev comprato al supermercato, e l'abbiamo mangiata sulle ginocchia seduti intorno al camino. Ciaran ha raccontato degli aneddoti banali sul suo lavoro, su una galleria che aveva finito il vino e aveva tirato fuori da una stanza sul retro delle vecchie lattine di Druid Cider, e lo raccontava animatamente, gesticolando come quando era eccitato. Peter ha posato il piatto sul pavimento sudicio e si è chinato in avanti verso il camino, gesticolando e avvicinando la testa alle ginocchia, la lingua grottescamente fuori – e poi ha raddrizzato di scatto la schiena e ha riso, incrociando il mio sguardo.

Ma Ciaran ha continuato a sorridere e ha infilato la forchetta nel purè di patate. Non sarebbe esploso. Era un equilibrio che avevano raggiunto: suo padre poteva espellere ogni goccia di veleno e follia che voleva, ma Ciaran non avrebbe pianto, non avrebbe alzato la voce, non sarebbe uscito di casa infuriato. Lo avrebbe tollerato, e tollerandolo lo avrebbe punito. Era così incredibilmente capace di restare immobile che il padre non avrebbe mai avuto tregua, il suo dolore non sarebbe mai terminato. Era così che da adulti avevano imparato a conoscersi.

In apparenza non si assomigliavano. Ciaran era disgustato da Peter, dai suoi vecchi abiti e dagli stivali mezzi marci e puzzolenti di muffa, dai pasti a base di scatolame e vaschette preconfezionate, dalle bottiglie vuote sparse per casa senza umiltà né vergogna. Ma quella sera li ho guardati mentre si sopportavano nella luce tremolante, e sono rimasta colpita dalle loro espressioni identiche.

Decenni di rancore e di cose non dette si erano calcificati lasciandoli paralizzati nel medesimo ghigno. Adesso non era più ammissibile che si dicessero di volersi bene, non essendoselo mai detto all'inizio, ma erano anche incapaci di esprimere il loro astio. Forse c'era stato un tempo in cui Ciaran avrebbe potuto dire: *Ti odio per avermi abbandonato, per avermi lasciato da solo quando ero ancora un bambino*, ma se quel tempo era esistito, era tramontato da parecchio.

E se Peter era mai stato disposto a guardare il figlio negli occhi e dirgli che gli dispiaceva, che a quel tempo era giovane e insicuro, instabile, se mai aveva voluto tendere una mano e stringere quella di Ciaran, che quando era con il padre era sempre preoccupato dai fili tirati sulla propria manica, se mai aveva voluto prendere quella mano e dire: *Abbandonarti non mi ha reso felice. Dopo essermene andato la vita ha smesso di piacermi. Era solo che non sapevo come prendermi cura di te, ma vorrei averlo saputo. Vorrei averlo saputo allora, e vorrei saperlo ora.*

Se aveva mai voluto infilare un braccio sotto quello di Ciaran e stringerlo a sé, e dire: *Sono tuo padre. Niente potrà cambiarlo. È solo che non ti ho aiutato a diventare chi sei, c'è una parte di me che hai creato quando sei venuto al mondo, e che sarà sempre tua.*

Se aveva mai voluto fare una di queste cose – be', adesso era troppo tardi.

Quando papà era piccolo, aveva un compagno di scuola orfano di padre, e si era convinto che anche suo padre presto sarebbe scomparso. A fine giornata si sedeva in fondo alla strada dove abitavano, una zona edificata da poco per una nuova classe operaia in ascesa, aspettando che il padre tornasse dal lavoro. Si mangiava le unghie e tirava la manica del pullover della divisa scolastica che gli prudeva, pregando con ansia che arrivasse il momento in cui quell'uomo grande e grosso avrebbe girato l'angolo e con quel suo gran sorriso devastante l'avrebbe sollevato da terra e riportato a casa.

Quando avevo più o meno la stessa età, cantavo nel coro di una chiesa, facendo tesoro dei miei assolo occasionali e chiudendo gli occhi devotamente durante gli inni migliori. Allora credevo ancora in Dio. Una sera mi aspettavo che venisse mio padre: avevo un'intera strofa tutta per me, e più la messa avanzava più mi facevo prendere dal panico, perché non riuscivo a vederlo. Presto ho cominciato a piangere in silenzio lì nel coro, tenendo gli occhi il più aperti possibile cosicché gli spettatori non se ne accorgessero. Le lacrime scorrevano durante il mio assolo e poi la messa è finita e ho pianto come si deve, stringendo i pugni, infilandoli in fondo alle tasche e piegandomi in due, sicura – ma sicura – che fosse morto.

A quel punto lui è corso da me, perché era sempre stato lì, era solo arrivato in ritardo per il traffico, mi ha abbracciato e mi ha ripetuto che era sempre stato lì, anche se non ero riuscita a vederlo.

Sono fortunata perché gran parte del mio dolore è causato dalla paura di perdere quello che ho già, e non da quello che non c'è mai stato, come è successo a Ciaran.

2.

A marzo c'è stata la festa che il mio ufficio organizza ogni anno e volevo bere. Ero riuscita più o meno a non esagerare con l'alcol, in modo da impedire a Ciaran di fare qualcosa di più che lanciarmi occhiatacce irritate.

Mi stavo comportando bene da un bel po'. Adesso, quel desiderio che provavo costantemente prima di conoscerlo, il bisogno sfrenato e doloroso di una notte bella incasinata, era tornato e pareva che in tutto quel tempo non avesse fatto che aumentare.

Nei giorni precedenti la festa ho comprato un vestito attillato di un tessuto grigio, con un nodo nel mezzo e aperture che incorniciavano la curva morbida e precisa dove la vita lascia spazio ai fianchi. Ho comprato dei trucchi nuovi e li ho sperimentati la sera, prima che Ciaran rincasasse. Ho mangiato meno per sentirmi leggera e potente.

Dopo il lavoro, ci siamo ritrovati in un grande locale anonimo su Harcourt Street, in una quarantina di persone. Mi ero preparata nei bagni con alcune delle ragazze più giovani, e tutte avevano spalancato gli occhi con esclamazioni di meraviglia a metà tra l'ammirazione e lo scherno vedendo il mio abito. Ero troppo elegante. Ero vestita come in passato, quando andavo alla serata di un famoso dj, o al concerto di qualche musicista che cercavo di portarmi a letto. Il mio corpo strabordava generoso e sexy dal vestito, avevo i tacchi alti, il trucco raffinato e preciso. Assorbivo la loro attenzione come una spugna, sperando che mi invidiassero, desiderando calamitarle, provando la breve eccitazione di sentirmi migliore di loro.

Ho bevuto qualche bicchiere di Pinot Grigio gelato in un batter d'occhio e poi ho vagabondato oziosamente verso un altro bancone, verso un altro gruppo di persone, verso altro vino. Ho chiacchierato con gente con cui di solito non parlavo mai, sorprendendo me stessa e loro per come fossi divertente, bella e interessata a ciò che avevano da dire. Non c'è niente che ti aiuti come il bere.

Alle dieci, dopo che tutti i capi erano andati via, sono entrata nello stadio di pura smania, puro bisogno. Il cuore batteva più rapido e gioioso, le mie conversazioni erano spensierate e interminabili. Fumavo una sigaretta dopo l'altra e sono passata ai superalcolici, sono entrata nella dimensione dove vuoi roba limpida e dal sapore pessimo, vuoi la polvere amara che ti brucia la gola come candeggina, dove sei solo desiderio.

Mentre ballavo, un uomo del reparto informatica con cui non avevo mai parlato prima mi è scivolato accanto e mi ha messo le mani sulla vita, dove il vestito si apriva. Ho sussultato, mi sono girata a guardarlo, poi ho riso e l'ho allontanato. Era basso, rosa e sudato, di vent'anni più vecchio di me. I suoi capelli luccicavano per il gel.

«Ce l'hai il ragazzo?» mi ha chiesto.

«Sì» ho risposto sorpresa.

Si è chinato verso di me e mi ha bisbigliato in un orecchio: «Be', come cazzo è possibile che ti lasci uscire così?». Ha fatto scorrere la sua mano orribile lungo la mia schiena e mi ha palpeggiato bruscamente, poi mi ha lasciato andare ed è scomparso in fretta prima che riuscissi a urlare o a spingerlo via.

Più tardi mi sono incamminata verso casa, quindici minuti a piedi lungo Rathmines Road, ma ci ho messo di più per via dei tacchi. Camminando continuavo a pensare, *Come cazzo è possibile che ti lasci uscire così? Come cazzo è possibile che ti lasci uscire così? Come cazzo è possibile che ti lasci uscire così?* cercando di capire, di trovare un significato, il motivo per cui la cosa mi aveva raggelato a quel modo.

Sono tornata a casa molto più tardi del previsto. Ciaran era sveglio, e devo essermi comportata in modo strano perché mi ha urlato contro, ha chiesto cos'avessi fatto per tutto quel tempo e mi ha accusato di essere stata con un altro, cosa che non aveva mai fatto prima.

Ho riso, lui mi ha preso un polso, l'ha sbattuto sul tavolo della cucina e ho pensato, *Rompilo, dai! Fa' qualcosa. Come cazzo è possibile che mi lasci uscire così?*

Poi si è ripreso e si è ricordato che per ferirmi doveva ignorarmi. È uscito dalla stanza ed è andato in camera da letto, e io mi sono chiusa in bagno, ho tirato su il nuovo abito sexy e mi sono masturbata, in fretta e piena di vergogna, pensando a quell'uomo orribile che mi aveva toccato alla festa, confermandomi che Ciaran mi possedeva. E poi, proprio alla fine, quando stavo iniziando a venire, ho pensato a Ciaran che mi accusava di essere stata con un altro.

Da quando ci conoscevamo, era la prima volta che immaginavo di stare con qualcuno che non fosse lui. Ho ansimato, aggrappata al lavandino.

2019, Atene

Un tempo, se qualcuno che amavo preferiva un'altra donna a me, se in astratto sceglieva il suo corpo invece del mio, per me era l'esperienza più ignobile che riuscissi a immaginare. A volte non sopportavo di guardare un film insieme a Ciaran – non mi rilassavo in quelle due ore in cui guardava una persona più bella di me. Sotto il piumone affondavo le unghie nelle cosce con lentezza e forza. Giuravo solennemente a me stessa che avrei rinunciato a zucchero, latte, pane, qualsiasi cosa potesse nutrirmi. Promettevo di svegliarmi alle cinque del mattino e fare addominali fino a restare senza fiato.

Credo che la facilità con cui mi offro agli altri sia un modo per combattere quel dolore, per lottare contro me stessa. Che mi importa di cosa fa un altro, chiunque sia, se riesco a farlo anch'io? Se riesco a essere la prima a disprezzarmi, allora che importa se lo fa anche lui?

Detesto scriverlo, mettere i miei fatti fra le mani di persone che leggendomi mi derideranno e saranno infastidite da tanta oscena degradazione.

Coloro che sono stati traditi, che non riescono a immaginare di tradire, che trovano sia un crimine da perseguire per legge, come dicono alcuni miei amici, penseranno che è un modo egoista e patetico per giustificare le mie infedeltà.

Ci saranno altri di voi, i lettori più illuminati, che riterranno imbarazzante questo mio svilimento autoimposto. Diranno che le mie scelte sono solo mie e non andrebbero rifratte attraverso la lente del mio bisogno degli uomini e della loro approvazione. Penseranno che ogni cupidigia sessuale sia solo un mio diritto e andrebbe assecondato, che dovrei semplicemente liberarmi dalla monogamia, dai fidanzati rigidi e dal loro dominio paternalistico, che dovrei accettare la mia sessualità intemperante e godermela senza vergogna.

Entrambe le cose sono vere.

Sì, è vero che amo fare sesso, e che questo mio amore non ha a che fare solo con l'atto in sé ma con la moltitudine. Amo il sesso con chi conosco benissimo da anni, qualcuno di cui conosco tutti i punti deboli, ma amo anche fare sesso con gente nuova quasi solo per la novità in sé. Quando li lascio, vorrei poter restare a dormire con loro centinaia di volte fino a esaurire tutta la loro estraneità, ma so anche che è il non poterlo fare a rendere quell'incontro così sacro.

Quelli sono stati i momenti in cui mi sono sentita scorticata nel modo più brutale e tenero, un ritorno alla semplicità di ciò che so essere più o meno il senso della vita, del venire insieme a un'altra persona senza preoccuparmi di cosa accadrà domani, una connessione inaspettata e priva di paura.

Ma è anche vero che, malgrado riesca facilmente a godere della mia avidità sessuale senza provare vergogna, questa mia promiscuità mi è stata spesso imposta dal disprezzo che provo per me stessa. Da un bisogno improvviso e disperato che qualcuno confermasse la mia bellezza, perché mi mancava un uomo e volevo vendicarmi su di lui e su di me per averlo perso, perché volevo liberarmi di un bravo fidanzato che non sentivo di meritare.

So che è tedioso dire queste cose. La gente oggi parla sempre più del desiderio femminile, e siamo tutti d'accordo che sia una cosa buona, un passo avanti. Ma mi stupisce sentire di persone che si agitano a ogni vago accenno al fatto che il desiderio di una donna possa ancora essere determinato dagli uomini.

Dicono: «Dopotutto dovremmo avere desideri nostri, libere dagli uomini!».

Certo che dovremmo. Riesco solo a immaginarlo; sarei felice di provare qualcosa di simile. Nella mia vita, sarei felice di provare per una volta un desiderio che sono sicura sia solo mio e che non c'entri niente con gli uomini, con quello che è successo in passato con gli uomini, con quello che dicono di me e del mio corpo, con i pensieri che mi hanno ficcato in testa senza che nemmeno me ne accorgessi.

Ciò non vuol dire che ce l'abbia con gli uomini, o che mi senta esente da ogni colpa. Perché dovrei dire che i cattivi sono loro, e io la buona, e poi limitarmi a osservare cosa accade nel mondo? Il potere che gli uomini hanno avuto su di me, più che una ragione per odiarli, mi sembra un dato di fatto. E comunque, chi sono io per odiarli? Non avrei potuto rendermi immune da questo loro potere con un po' di forza di volontà, educazione e orgoglio, in questo nuovo secolo? Non avrei potuto scegliere altri grandi amori invece degli uomini che ho scelto di amare?

Certo che avrei potuto, ma non l'ho fatto, e questa, la mia storia, è la storia di questo atto mancato.

3.

In aprile Ciaran ha preso un aereo per andare a trovare la madre a Copenhagen. Finalmente sola, ho messo a soqquadro l'appartamento. Mescolavo tequila, soda e lime, mi sedevo sul divano a bere e fumavo dalle sei a mezzanotte.

Sfogliavo furiosamente riviste di moda patinate, con una mano sempre su internet, controllando, scorrendo, aggiornando la pagina. Non c'è stata una sola notte in cui non sia andata a dormire ubriaca fradicia.

La mia mente era una trottola, mai ferma nemmeno per un istante. In sua assenza mi sono resa conto di essermi abituata ad annientare questa sensazione con qualsiasi cosa facesse Ciaran, che fosse scoparmi o ignorarmi o guardarmi con disprezzo. L'isteria, le discussioni erano una cosa brutta, ma la loro assenza era... era esattamente questo: assenza. Era il grande nulla del mio cuore, la mia smania sconfinata e la mia incapacità di appagamento che mi si ritorcevano contro.

Era stato un colpo di fortuna scegliere qualcuno così distaccato, così innamorato di un'altra donna.

Forse lo avevo scelto addirittura per questo, per la sua resistenza a innamorarsi di me.

Ma alla fine non aveva alcuna importanza.

Qualsiasi cosa mi avesse offerto non sarebbe bastato.

Avevo scelto qualcuno che era per natura indifferente, e fare in modo che si innamorasse di me era diventato il mio progetto.

Sembrava impossibile, ma alla fine ci ero riuscita.

È quello che ho capito mentre era via. Mi ha chiamato e mi ha detto che gli mancavo.

«Vorrei essere a letto con te» ha detto, riuscivo a sentire il sorriso nella sua voce e sono rimasta spiazzata dalla sua tenerezza e dalla sua ingenuità.

Com'ero riuscita a spezzare quest'uomo che sembrava una statua, così immobile e perfetto? Mi sono stupita del mio stesso potere.

La gente diceva che bisognava essere se stessi, ed essere forti e indifferenti per amare.

Dicevano che la mitezza e la sottomissione non potevano che allontanare gli uomini, che a essere attraente era la fiducia in se stessi. Ma io c'ero riuscita, lo avevo logorato con la debolezza.

Non mi amava – non avrebbe potuto, perché quale Me c'era da amare? Quale Me aveva conosciuto? – eppure aveva finito per legarsi a me, per dipendere da me.

Avevo accuratamente creato una situazione che aveva prodotto in lui una sorta di amore, come uno scienziato che manipola le condizioni di laboratorio.

Avevo esaurito le sue riserve, eroso la sua innata resistenza, e adesso avevo finito.

MAGGIO 2014

1.

All'inizio scrivevo le mie frustrazioni solo per me. Ammettevo al mio diario, con cautela, che era difficile stare con Ciaran, con una persona così negativa e anaffettiva.

Poi, ogni tanto, capitava che un uomo incrociasse il mio sguardo in una maniera particolare, che mi risvegliasse sessualmente in modo vibrante ed evidente. Non mi sentivo così audace da molto tempo, e mi sono ricordata di quanto amassi la natura sfrontatamente pubblica della cosa.

Ero sul tram aggrappata a una maniglia e alzando lo sguardo ho visto un uomo che mi fissava, dall'aspetto benestante, con un impermeabile verde oliva. Ho ricambiato l'occhiata in modo altrettanto audace e per il resto del viaggio abbiamo continuato a incrociare gli sguardi.

Quando non lo osservavo, mi offrivo comunque ai suoi occhi, muovendo le labbra, bagnandole in un modo che poteva risultare quasi naturale. Tutto il mio corpo era infuocato, tra le gambe ero accesa dall'eccitazione.

Annotavo episodi come questo. All'inizio timidamente, e poi con crescente abbandono, descrivendo le cose che mi sarebbe piaciuto che gli uomini mi facessero. Il mio diario è diventato una valvola di sfogo. Rincasavo dal lavoro e continuavo a cucinare per Ciaran e a chiedergli com'era andata la giornata, ma già non vedevo l'ora che la serata finisse per potermene stare da sola con i miei pensieri. Mi chiedevo se si fosse accorto che non mi struggevo più quando mi ignorava o trattava con disprezzo, che non piangevo né mi facevo prendere dal panico né mi chiudevo più in bagno.

Facevamo sesso sempre più raramente, ma era avvenuto in modo così graduale che lui protestava solo ogni tanto, la cosa poteva essere attribuita al naturale calo del desiderio nelle relazioni a lungo termine. Sembrava non accorgersi che di fatto in me qualcosa era cambiato.

Ero sempre convinta di amarlo. L'amore per me era assolutamente reale. Ne scrivevo sul diario. Mi incolpavo per ciò che non andava tra noi, per la mia sessualità arbitraria e avida. Lo amavo, scrivevo, ma sessualmente non mi soddisfaceva. Lo amavo, scrivevo, ma semplicemente non gli piacevano le stesse cose che piacevano a me. Avevo bisogno di esplorare. Avevo bisogno di sperimentare – ma questo non significava che non lo amassi!

Anche allora credevo con tutta me stessa nell'amore. Avevo bisogno di etichettarmi come una troia con tendenze insopprimibili per dare un qualche senso alla cosa.

Pensavo spesso a quello che provavo un tempo, e lo pensavo in modo così forte e chiaro che non sarei mai riuscita a ferire Ciaran. Avevo deciso che non mi sarei mai comportata come Freja.

(Cercavo di non pensare, con disapprovazione, che forse le sue fidanzate l'avevano tradito per via della sua freddezza; ma poi penso di averlo fatto io, e con balsamico sollievo).

Non lo scoprirà mai, scrivevo, *il bel Ciaran, l'uomo più bello del mondo. Non posso confermare il suo sospetto che tutti – e soprattutto le donne – che tutti siano essenzialmente cattivi. Anche se immagino che il mio comportamento ne sia una conferma.*

La mia mente andava nuovamente in pezzi.

2.

A giugno mi ha chiamato mio padre: era in ospedale a Waterford. Aveva un rigonfiamento in gola che gli rendeva difficile deglutire e respirare. L'avevano portato a fare una biopsia del tessuto ostruente, ma la sua respirazione era così problematica che l'avevano tenuto in ospedale.

Non ci parlavamo da alcune settimane. La sua adorata zia era morta l'anno prima e avevo inventato una scusa per non andare al funerale. Da allora i rapporti tra di noi si erano raffreddati. Il funerale era stato celebrato in una settimana in cui tra me e Ciaran le cose andavano particolarmente male e non me la sentivo di lasciarlo in quel momento. Avevo bisogno di continuare a controllare quel male, di contenerlo ed evitare che diventasse pericoloso. Ho preferito rimanere a litigare con Ciaran piuttosto che tornare a casa e stare con la mia famiglia.

Mio padre non era riuscito a capire perché. Avevo dato la colpa al lavoro, ma lui sapeva che il mio lavoro era solo routine, un posto dove arrivare in ritardo e tener d'occhio l'orologio. E poi il viaggio era brevissimo. Waterford distava solo due ore in automobile; lui per me sarebbe venuto.

Era difficile mentire a mio padre. Lui se ne accorgeva, ma non riusciva a dirmelo apertamente. Sapeva che mentivo per convincermi di poter camuffare i miei casini. E queste dovevano essere le bugie che lo irritavano di più: quelle che nascondevano cose che non poteva capire.

3.

Dopo la telefonata di mio padre mi sono organizzata per prendere qualche giorno di permesso e andare a trovarlo. Mi sono seduta alla scrivania, ho mandato una mail al mio capo e ho prenotato i biglietti. Ho detto a Ciaran che andavo, senza chiedergli di venire con me.

Ero sicura che mio padre stesse per morire. Una punizione, pensavo.

Una punizione per aver ignorato la mia famiglia; una punizione perché avevo bisogno solo di chi non riusciva a vedermi, e non delle persone che mi vedevano.

Per tutta la vita avevo amato follemente mio padre.

Durante lo squallido caos che era stata la mia adolescenza, e anche dopo, nei miei periodi peggiori, eravamo rimasti uniti, avevo sempre avuto bisogno di lui. Era solo con Ciaran che ero cambiata, e adesso sarebbe arrivata la punizione, la cosa che per tutta la vita avevo temuto di più.

Sono stata travolta da un'improvvisa consapevolezza di quanto fossi tremendamente sola. Mio padre era una delle poche ancore della mia vita. Quando non sapevo più chi ero, potevo pensare a lui e ripercorrere all'indietro gli anni e tornare all'inizio. Quando non sapevo più chi ero, potevo pensare a lui e dire: *Sono sua*. Senza di lui sarei stata costretta a essere questa persona nuova, questa persona di Ciaran per il resto della mia vita? Cosa mi avrebbe tenuto ancora con i piedi per terra, cosa mi avrebbe reso reale? Avevo la sensazione che sarei semplicemente volata via, che non sarebbe rimasto nulla di quella cosa che prima di Ciaran chiamavo "Me".

Per tutto il viaggio ho tamburellato con le dita e canticchiato stonata, vibrando d'ansia; avevo bisogno di vedere mio padre. Se solo fossi riuscita a vederlo prima che succedesse qualcosa, tutto sarebbe andato bene. Proprio come quando, un paio d'anni prima, Ciaran mi aveva lasciato ed ero logorata dalla sensazione che le cose sarebbero tornate come prima se solo fossi riuscita a farmi rispondere al telefono o guardare negli occhi. Il mio ego immenso e ridicolo: la convinzione che con la mia presenza fossi in grado di fermare e far ripartire il mondo.

Quando ho trovato la stanza di mio padre, lui mi ha sorriso, e io sono scoppiata a piangere, mi sono inginocchiata accanto a lui e gli ho preso la mano dicendo: «Papà, papà, papà». Non sembrava malato, ma vecchio. Gli occhi erano calorosi e luccicanti come sempre ma c'erano nuove rughe. Adesso aveva i capelli tutti bianchi, e morbidi e sottili come quelli di un neonato. Quanto tempo era passato? Quanto, dall'ultima volta che avevo avuto per la testa qualcos'altro che non fosse me e Ciaran?

Ha riso dei miei modi melodrammatici e mi ha dato qualche pacca sulla schiena con la stessa maldestra tenerezza con cui dimostravamo sempre il nostro affetto l'uno all'altra.

«Va tutto bene» ha detto. «E se così non fosse, ce ne occuperemo, e andrà tutto di nuovo bene». Parlava lentamente, a fatica.

Piangevo, non perché non gli credessi, ma proprio perché gli credevo.

Mi era mancato così tanto sentirgli dire questa cosa, questa cosa che non aveva mai smesso di dirmi per tutta la vita, in un milione di modi differenti. L'aveva sempre detto, e io l'avevo sempre ascoltato, gli avevo sempre creduto, a prescindere dal brutto momento che stavo attraversando. Ma adesso erano anni che non lo ascoltavo, che non mi ero premurata di ascoltarlo, e piangevo per la vergogna e per tutte le altre cose a cui ero stata sorda, i suoni come questo che non avrei mai riavuto. Mio padre era sempre capace di salvarmi da qualsiasi cosa, a prescindere da quanto fosse sconsiderata o inspiegabile, era sempre capace di salvarmi da tutto, tranne che da me stessa.

4.

Quella sera, rassicurata da mio padre e dal suo medico che ancora non era successo nulla di veramente brutto, e che nulla sarebbe cambiato nel corso della notte, ero irrequieta e agitata, non riuscivo a stare ferma, sola con i miei pensieri.

Avevo bisogno di vedere qualcuno, e sono andata in città a trovare Reuben, il mio ex.

Reuben era stato il mio primo amore. Ci eravamo conosciuti quando io avevo quindici anni e lui diciassette, e ci eravamo innamorati senza scampo. Prima di incontrare Ciaran, ogni uomo veniva paragonato a lui e mai considerato all'altezza. Fisicamente, era stato l'unico vero precursore di Ciaran.

Ci eravamo conosciuti a una serata techno – genere musicale smodatamente popolare a Waterford – e una settimana dopo stavamo insieme. Era alto, spigoloso e magro come Ciaran, ma dorato e scuro invece che pallido e biondo. Aveva occhi di un marrone chiaro e limpido, come quelli di un animale della foresta nei cartoni animati. Aveva solo diciassette anni ma sembrava molto più grande di me. Aveva tre tatuaggi e andava già all'università, avendo saltato due anni.

Quando ci siamo conosciuti ero vergine, e in ansia da sesso. Prima di lui ero uscita per brevi periodi con altri ragazzi, ragazzi che mi piacevano moltissimo ma che mi avevano infilato le mani nelle mutande o nella maglietta senza preavviso né gentilezza. Li avevo respinti e per questo mi avevano lasciato.

Durante la settimana, quando Reuben era a Dublino e io a casa, ci scrivevamo lettere. Scrivevamo cinque pagine in formato A4, su entrambi i lati, tutte le settimane. Erano piene di testi di canzoni, frammenti di poesie, disegnini, e anche di tutto quello che facevamo e provavamo. Era la prima volta che mi aprivo così tanto, al di fuori del mio diario.

All'epoca scrivevo poesie, e avevo vinto qualche premio. Le poesie erano buone, a volte per il loro autentico candore, e spesso perché non ero ancora abbastanza navigata da evitare di plagiare temi e stili. Una poesia che avevo scritto su Reuben aveva vinto un premio, ed ero arrossita leggendola ad alta voce in una biblioteca per bambini, perché era privata e fisica. Il suo era il primo corpo che avevo conosciuto e amato così profondamente. Era la prima volta che amavo il corpo di un uomo, e l'unica in cui l'amore non sarebbe stato qualcosa di oscuro, contorto e corrotto. Non abbiamo mai fatto sesso.

Reuben era timido, riluttante o incapace di definire quello che c'era tra noi. Ma non importava – era vero ed evidente come la realtà dei nostri corpi. Il giorno di San Valentino mi ha dato un biglietto, nella piazza dove ci ritrovavamo con i nostri amici quasi tutti i fine settimana per fumare, bere caffè e scambiarci cd.

«Non lo leggere adesso» ha detto, e mi ha baciato. Ho strappato la busta non appena l'ho perso di vista e mi sono affrettata a leggere.

Sono eccitato all'idea che presto saremo entrambi in vacanza, aveva scritto, *così potrò vederti tutto il tempo. Ti amo.*

Era la prima volta che un ragazzo mi diceva parole simili. Me le ricordo con chiarezza perché nel leggerle ho fatto una cosa da cartone animato: sono letteralmente saltata dalla gioia, proprio lì per strada, nel centro di Waterford, con tutti che guardavano.

Sei mesi dopo ci siamo lasciati per colpa mia. Ero infelice anche allora, anche quando ero beatamente felice con lui. Ero già sprofondata nell'autolesionismo e nel digiuno. Dapprima ero stata scaltra a sufficienza da nasconderglielo, e poi lentamente me n'ero dimenticata. Avevo iniziato a confidargli quello che provavo, la mia incapacità di comportarmi normalmente, le cose che mi infliggevo.

L'ho turbato. È stato duro con me – quantomeno rispetto a com'era di solito.

«Non puoi lamentarti dicendo che stai male, che sei depressa, se non provi a dormire, a mangiare, a prenderti cura di te».

Lo trovavo scandaloso. Ero scioccata dal fatto che non fosse rimasto colpito e intimorito dalla mia fragilità, com'era successo con altri ragazzi. Perché non era attratto dalla mia tristezza fragile e pittoresca? Adesso penso che non ascoltare quel consiglio sia stato il mio primo errore e anche il più grave. Era solo un ragazzino, non aveva ragione su tutto e nemmeno su quasi tutto, ma su questo aveva ragione.

Sguazzavo nel fascino della mia tristezza. Avevo letto un articolo su *Vogue* che diceva una cosa tipo: "Questa stagione sembra virare verso drappeggi gotici, calzettoni al ginocchio e eyeliner pesante, mostrando ciò che tutte le adolescenti sanno: che la tristezza può essere una forma di bellezza".

Siamo andati avanti ancora per un po', ma per me era finita. Dopo quasi un anno che stavamo insieme l'ho lasciato. Poi ci siamo visti ancora una manciata di volte, dopo che è andato a vivere in Inghilterra, verso Natale o in estate.

Eravamo sempre in buoni rapporti. Quando ci vedevamo immancabilmente piangevamo e ci baciavamo. Per me è diventato una sorta di pietra miliare, mentre il resto della mia vita andava sempre più fuori controllo. Una volta, quando avevo diciannove anni, ci siamo visti, baciati e abbiamo pianto come sempre e ci siamo detti che ci amavamo.

«Smettiamola di perdere tempo» ho detto. «Amiamoci. Ho fatto un errore. Torniamo a stare davvero insieme».

Era d'accordo, e poi ho preso un pullman per tornare a Dublino e non ne abbiamo più parlato. Ma era sufficiente, o quasi, sapere che lui esisteva e mi amava.

5.

Verso sera, ci siamo visti in piazza. Aveva un bell'aspetto, era un po' più robusto di spalle, adesso aveva il fisico da nuotatore, era entrato in una squadra di nuoto quand'era andato a vivere a Montreal per la sua borsa di studio.

Era abbronzato e aveva più tatuaggi di prima, sembrava uno di quei ragazzi che da piccola mi capitava di vedere su *New Musical Express* o su *Vice* e di desiderare. Sembrava uno di quei ragazzi che avrei scelto come esempio del futuro che volevo. La sua bicicletta sottile e il suo fisico altrettanto sottile, l'orecchino e la disinvoltura del suo corpo.

Mi ha sorriso dalla panchina e, come succedeva ogni volta che lo rivedevo, sono rimasta stupefatta accorgendomi che i miei sentimenti per lui non erano cambiati rispetto a quando c'eravamo conosciuti. Sembrava sempre un gioco di prestigio, qualcosa di un po' magico, che entrambi ci piacessimo così tanto, che niente fosse mai riuscito a rovinare per sempre le cose tra noi. Con Reuben mi sentivo ancora così me stessa, così radicata.

Era perché non avevamo mai fatto sesso? Mi veniva da pensare che, come le ragazze di *Halloween*, era solo il sesso a condannarmi; mi veniva da pensare che senza il sesso le cose per me sarebbero andate bene, che sarei stata la Sopravvissuta del film.

Siamo andati in un pub e ci siamo rannicchiati in un angolo, seduti vicini per riuscire a sentirci nonostante il chiasso della band tradizionale che stava suonando. Gli ho raccontato di mio padre, di Ciaran, gli ho descritto la realtà della mia relazione con Ciaran più di quanto avessi fatto con chiunque altro a parte il mio diario.

Ho sentito la mia voce ripercorrere in fretta l'intera storia, mettendo insieme tutte le volte che Ciaran si era comportato male con me, sfiorando le mie trasgressioni, la mia voluta arrendevolezza. Non ho accennato agli sviluppi più recenti, alla mia rabbia repressa, alle avventure sessuali su cui ora fantasticavo con sempre maggiore insistenza.

Cercavo di sottolineare quanto adesso fossi in salute, quanto mangiassi bene e che addirittura facevo un po' di attività fisica. Gli ho raccontato che dormivo sempre tutta la notte, omettendo che l'insonnia adolescenziale si era trasformata in una sorta di malattia del sonno per cui potevo dormire dodici o più ore di fila, e che quando ero da sola lo facevo.

Era tardi ed eravamo ubriachi, ci tenevamo per mano.

«Sei sempre stata così» ha detto Reuben.

«Così come?».

«Pensi sempre che il tuo dolore sia più intenso di quello degli altri. Pensi sempre di essere l'unica a stare così male».

L'ho guardato in silenzio (sapendo comunque benissimo che quando stavo zitta il mio viso diventava più carino, le labbra socchiuse e gli occhi dolcemente spalancati dalla sorpresa).

Ha riso. «Va bene. Non mi sto chiamando fuori. Ti conosco; lo so che sei fatta così. È solo che... mi hai chiesto a stento di me. Non hai idea di cosa succeda nella mia vita. Non l'hai mai saputo davvero».

«Raccontami» ho detto, avvicinando il viso.

«No! Non intendo elencarti tutte le cose che non funzionano nella mia vita per darti modo di paragonarle alle tue».

Quello che diceva era brutto ma vero, anche se comunque sorrideva.

«Non so come fai a farla sempre franca» ha detto, continuando a sorridere e scuotendo il capo, e a quel punto l'ho baciato.

2019, Atene

Adesso vedo adolescenti bellissimi e il mio cuore si inchina davanti alle loro ampie spalle e ai toraci scolpiti, al triangolo dorato, ai loro lunghi polpacci abbronzati e ai miracolosi avambracci. Guardo con desiderio nella loro direzione proprio come gli uomini che disprezzo perché lo fanno con le ragazze. Non riesco a non guardare questi ragazzi come quand'ero adolescente anch'io, riconosco quali mi avrebbero ossessionata, e provo a indovinare quali sarebbero stati ossessionati da me.

È strano sapere che non starai mai più insieme a chi ti ha fatto innamorare per primo, il suo imprinting è inevitabile. Ci sono solo pochissime occasioni per tornare indietro nel tempo, se non vuoi diventare un predatore – e queste occasioni sono i ragazzi che hai amato all'epoca, adesso cresciuti, ma in cui il loro io adolescente è ancora riconoscibile, almeno ai tuoi occhi. Con loro, e solo con loro, puoi sentirti rapita, aperta e semplice com'eri in passato, entrambi belli e giovani agli occhi l'uno dell'altra.

Nessuno che mi ami da adesso in poi potrà mai sapere, sapere veramente, credere veramente che un tempo sono stata una bambina bellissima.

6.

Dopo la biopsia sono rimasta a casa ancora per tre giorni. Googlavo ininterrottamente i sintomi di mio padre, e ho trovato un milione di persone che dicevano che non era niente e un altro milione che dicevano che era una malattia terminale.

Quando sono andata a letto con Reuben nella sua vecchia stanza è stato come farlo con un meraviglioso fantasma. L'ho toccato in punti che avevo dimenticato e che ho poi ricordato in un istante. Ho toccato nuove parti di lui, punti dove non ero stata quando eravamo giovani ma che sentivo comunque familiari.

All'inizio quando mi ha toccato lui mi sono irrigidita, temevo di non essere flessuosa e magra come quando ci eravamo conosciuti, ma poi sotto le sue mani ho sentito il mio corpo andare indietro nel tempo, tornare flessibile e integro. Mi sono sentita vergine, ho sentito che insieme avremmo potuto aggiustare un decennio di errori.

Faceva scorrere le mani sulle mie costole e sulla pancia e io non trattenevo l'aria, come facevo d'istinto con Ciaran per sembrare più magra.

Non c'è stato niente di eclatante. È stato dolce e facile. È stato quasi divertente: abbiamo riso entrambi. Era come chiacchierare a tarda notte dopo che hai spento le luci e cercare di trattenere le risa.

Era incredibile quanto fosse diverso dall'andare a letto con Ciaran. Parte di ciò che mi aveva reso dipendente dal corpo di Ciaran e dal sesso con lui era la natura del mio bisogno: acuto, disperato, angosciato. Come cercare di averla vinta in una lite.

Il mio bisogno voleva che Ciaran si arrendesse a me, amandomi in modo assoluto, diventando totalmente mio, oppure dominandomi in modo dichiarato e quantificabile. Ma lui si limitava a esistere, passivo e distaccato, mi scopava in un modo che mi faceva pensare alle attività essenziali, al modo in cui mangiava: non senza piacere, ma comunque con finalità concrete. Non ero mai riuscita ad avvicinarmi a lui più di così, non ero mai riuscita a soddisfarmi. E questa cosa me lo aveva fatto desiderare per tutti quegli anni, mi aveva reso folle di un desiderio violento.

Adesso, senza quel bisogno, riuscivo a sentire per la prima volta quanto il sesso fosse una cosa sciocca. Non era cinematografico né bello. Riuscivo a sentire di nuovo il mio corpo e non sembrava incompleto, come succedeva sempre con Ciaran. Non sembrava un qualcosa dimenticato a metà della creazione, non sembrava un disegno abbozzato in fretta senza le linee giuste. Non mi sentivo in attesa.

Contro il corpo di Reuben, il mio sembrava scorrevole, scivoloso e amichevole e la carne non sembrava di troppo ma qualcosa di cui stavo facendo buon uso. Gli riempivo le mani, lo rendevo felice. Era sorpreso dalla mia voracità, sorpreso da tutte le cose che volevo fargli e dalla sfrontatezza con cui gliene chiedevo il permesso. Era bello, e mi era amico, e lo desideravo da morire, e non era Ciaran.

Quella notte non mi sono sentita in colpa.

L'indomani mattina ci siamo svegliati e, anche appena alzato, il suo alito era dolce e sapeva di latte, come quello di un bambino. Abbiamo sorriso teneramente, ci siamo baciati e stiracchiati nel letto sbadigliando, sperando che i suoi fossero usciti. Questa volta non ho provato a dirgli che ci amavamo e che avremmo dovuto stare insieme.

Non avevamo bisogno di parlare di niente. Era perfetto: lui sarebbe tornato a Montreal, e anch'io avevo una terra straniera a cui tornare. Nascondevo Ciaran a me stessa, accantonandolo con precisione folle appena fuori dai pensieri in essere. Sentivo che era lì, in attesa di eruttare e rovinare il bagliore calmo della mia mattina con Reuben, ma l'ho tenuto a bada.

7.

Quando sono uscita da casa di Reuben, mentre andavo in ospedale a salutare mio padre, ho sentito montare l'adrenalina.

Ho accelerato il passo, camminato con più decisione e mi sono concentrata su mio padre, su cosa volevo chiedere al suo medico, cercando di canalizzare lì tutto il panico. Vicino ad Ardkeen Road ho iniziato a trotterellare in modo scomposto – come avrebbe sbuffato Ciaran vedendomi ansimare, per la mia solita emotività! – e a scuotere la testa con violenza ogni volta che arrivava un pensiero invadente, l'idea di me che infilavo la chiave nella porta, di lui che mi guardava, che sapeva cos'avevo fatto, che mi annusava anche se non aveva l'olfatto, intuendo in un attimo che ero disgustosa, che aveva sempre avuto ragione a pensare che non lo meritavo.

Ho scosso la testa, sbatacchiando il cervello, offuscando la vista, e dato che non funzionava mi sono piegata in due, ho chiuso gli occhi e ho premuto i pollici sulle orbite, le nocche sulle tempie, così da vedere solo macchie lampeggianti di bianco e nero, inondando la vista, saturandomi interamente.

In ospedale mio padre mangiava con aria apatica e mi ha commosso vedere quanto si annoiava. Sono rimasta seduta con lui per qualche ora, guardando nuovi programmi e quiz televisivi e chiacchierando del più e del meno. Mi ha chiesto cosa stessi leggendo e siccome non riuscivo a ricordare quale fosse l'ultimo libro che avevo letto, gli ho ripetuto la recensione di un romanzo che c'era nell'inserto culturale della domenica. Sembrava avere la voce più nitida del giorno prima. Avrei voluto toccarlo, stringerlo tra le braccia o sdraiarmi sul letto accanto a lui ma non c'era modo di farlo.

Sul pullman per Dublino, ho viaggiato pregando. Ho mercanteggiato e supplicato. Avrei rinunciato all'alcol, al cibo, al piacere. Avrei smesso di fantasticare sul sesso con gli sconosciuti, avrei smesso di scrivere sul mio diario i miei pensieri sordidi. Avrei ceduto, sarei tornata a essere la persona che l'aveva conquistato all'inizio.

E così mio padre non sarebbe morto e Ciaran non mi avrebbe lasciato.

Ciaran non avrebbe mai dovuto soffrire scoprendo chi ero veramente: così bisognosa di essere riempita, di essere usata, di compiacere.

Sarei stata piccola, sicura, astemia e silenziosa. Avrei imparato l'umiltà e la vera sottomissione, e non solo a fingerle.

8.

Quella sera, quando sono arrivata, l'ho salutato e mi sono rannicchiata accanto a lui sul divano dove stava lavorando al computer, in pigiama e con gli occhiali. Aveva i capelli un po' lunghi e i riccioli disordinati odoravano di sudore rancido. Li ho respirati. Ho lasciato cadere per terra borsa e cappotto, come se fossi esausta, e mi sono avvolta in una coperta.

Mi ha chiesto come stava mio padre e gli ho detto che non lo avremmo saputo per un po'. Ho posato la testa sulla sua spalla con il cuore che mi martellava nel petto, chiedendomi se la mia voce suonasse diversa, se avessi addosso capelli o segni di Reuben che potessero tradirmi.

Più tardi, in bagno, ho visto che un piccolo livido mi chiazzava una coscia, e ho pensato che avrei potuto farmelo ovunque, l'ho tagliato con un coltellino, piena ancora una volta e per un istante della risolutezza folle e pura di un'adolescente. Mi sarei incisa il suo nome su tutto il corpo, se solo l'avesse reso felice.

Ero a casa, e ogni pensiero tranquillizzante era svanito. A Waterford avevo provato a razionalizzare ciò che avevo fatto, dicendomi che io e Reuben ci conoscevamo da così tanto tempo che non poteva nemmeno essere considerato un tradimento, che ero turbata e avevo bisogno di conforto, che ero ubriaca.

Ma tornata a Dublino – alla mia solita posizione così familiare, accasciata sulle piastrelle, la testa contro lo sciacquone, i singhiozzi soffocati in grembo per evitare una lite – sapevo qual era la verità. Lo avevo fatto perché volevo farlo. Lo avevo fatto perché volevo qualcuno che non fosse Ciaran, volevo qualcuno il cui affetto e la cui attenzione fossero schietti. Volevo qualcuno facile da capire, e capivo Reuben e capivo il sesso con lui e avevo ottenuto quello che volevo. Ciaran si sarebbe sdraiato a letto accanto a me, mi avrebbe toccato, forse avrebbe voluto scopare anche lui, ignorando che ero sporca, e che ero una bugiarda.

Non capivo come avessi potuto mentire su così tante cose quando all'epoca erano sembrate tutte vere. Lo amavo da morire, nessun altro amore mi era mai parso così dolorosamente chiaro come quello per lui. Ero seria quando dicevo che la cosa che volevo più di ogni altra era non ferirlo, aiutarlo a fidarsi di nuovo della gente.

Anche quella, ho immaginato, era stata una bugia – non volevo che si fidasse della gente, volevo che si fidasse di me, solo di me. Volevo essere l'unica a frantumare il suo guscio e a raggiungere le parti buone, volevo essere la santa che gli avrebbe dimostrato che non tutte le donne erano troie e bugiarde; o che lo erano tutte tranne me, solo me, e che ero l'unica di cui aveva bisogno.

Ma adesso lo avevo fatto, avevo incasinato tutto. Per quanto dolci fossimo io e Reuben, e per quanto fosse innocente la natura della nostra vecchia storia d'amore, i fatti fisici erano inequivocabili. Avevo lasciato che un altro uomo mi baciasse, toccasse, piegasse e scopasse, e se Ciaran l'avesse saputo mi avrebbe disprezzato e lasciato. Ho pianto più forte, mordendomi il polso per zittirmi, il cervello un'esplosione livida e impotente.

Dopo essermi calmata, sono andata in camera e ho tirato fuori il computer. Ho bloccato Reuben su ogni piattaforma possibile e anche sul cellulare. La disperazione mi aveva fatto ragionare in modo lucido e freddo. Non c'erano collegamenti tra loro due a parte me. Nessuno a parte me avrebbe potuto riferirglielo. Non lo avrebbe scoperto. Dovevo solo accettare la cosa, dimenticarla, e comportarmi bene.

9.

Per un altro mese sono riuscita a vivere così, ho finto che non fosse mai successo, di poterlo ignorare. Ho preparato le cene, sono rimasta a casa e ho smesso di bere. Ho letto libri e smesso di guardare tv spazzatura. Il venerdì sera, quando Ciaran usciva, aspettavo che tornasse, e non facevo niente a parte aspettare. Sembrava felice, felice come non mai. Il sesso con lui mi faceva sentire malata e scissa in modo nevrotico, ma mi costringevo a farlo comunque, lo consideravo un obbligo per mettere le cose di nuovo al sicuro.

Poi a luglio ha chiamato mio padre, dicendomi che i risultati della biopsia erano buoni.

Non solo sarebbe sopravvissuto, ma non era mai stato troppo malato. Andava tutto bene.

Quella sera ho chiamato Ciaran per dirgli che sarei tornata a casa tardi, e mi sono infilata in un bar.

Ho bevuto vino da sola, fino a ubriacarmi, e poi sono andata a una festa, dove ho incontrato un uomo che avevo conosciuto molti anni prima. Ci siamo baciati contro il muro e poi siamo usciti a cercare un albergo e abbiamo scopato tutta la notte, con lui che mi tirava i capelli, mi schiaffeggiava e mi stringeva la gola, io che lo incitavo, dicendogli ancora, ancora, ancora.

10.

La mattina Noah è uscito per raggiungere la sua band, rimettersi in viaggio, salire su un traghetto ed essere quella sera a Liverpool per un concerto. Ha fatto il suo sorrisetto sghembo e mi ha detto che sarebbe tornato nel giro di qualche settimana e che mi avrebbe chiamato, spettinandomi la frangetta e baciandomi la fronte.

Ho fatto una doccia bollente. I capelli erano una lunga massa aggrovigliata per l'indifferenza con cui erano stati arruffati e li ho divisi in sezioni gestibili, per lavarli e farli tornare normali. Mi sono strofinata dappertutto, soprattutto dentro. Ero ruvida per il sesso e lo sono diventata ancora di più lavandomi. Non avevo idea di cos'avrei detto a Ciaran tornando a casa. Il cellulare si era scaricato presto la sera prima.

Sono uscita, avviandomi lungo Fitzwilliam Square.

Ero andata a una festa a Portobello con Christina, già completamente sfatta, e avevo riconosciuto Noah. Sembrava un disastro irresistibile e attraente, bello e paffuto in un modo che evocava piacevoli eccessi e bagordi, un dente davanti spezzato, abiti scompagnati. Sembrava un surfista invecchiato male, con quei capelli lunghi e il sorriso sghembo, e gli occhi saggi e ridenti. Avevo visto che mi fissava.

Ero andata da lui e avevo detto: «Ci conosciamo, vero?».

Mi aveva detto di sì, e mi ero ricordata quando ci eravamo incontrati: anni prima a un concerto, suonava in una band insieme a un mio ex amante.

«Stai sempre con quel tizio?» aveva chiesto, e gli avevo detto di no.

Continuavo a sforzarmi di capire quale fosse stato il momento esatto, il momento in cui ero passata dalla convinzione di amare Ciaran, e che avrei fatto di tutto per stare con lui, al ritrovarmi barcollante alle cinque del mattino alla reception di un albergo con un semisconosciuto, mandando tutto all'aria di nuovo, e di nuovo, e di nuovo.

11.

Mentre tornavo a casa, controllando l'estratto conto, ho visto che avevo pagato io l'albergo – l'intera cifra, il mio stipendio di una settimana, un'altra piccola umiliazione da conservare per il futuro.

Avevo cercato di rimettermi in sesto nella maniera più convincente possibile, truccandomi in modo normale e carino, ma sentivo che sudavo.

Non avevo mai avuto così tanta paura come quella mattina fuori dal nostro appartamento, guardando la finestra, vedendo i suoi libri e le sigarette sul davanzale, sapendo che era a casa.

Nell'attimo in cui sono entrata ho capito che per noi era cambiato tutto, per sempre, di già. Era sparito il Ciaran vuoto, il Ciaran gelido, quello che mi faceva sentire una seconda scelta. Era angosciato, aveva gli occhi rossi e tremava. Urlava in un modo che sembrava quasi un pianto.

Mi ero così preoccupata di quello che avevo fatto – il sesso, l'albergo – da aver del tutto dimenticato che, semplicemente, non ero tornata a casa.

«Dove sei stata? Dove cazzo eri?» urlava in ondate crescenti di indignazione, stringendo il bavero del mio cappotto e strattonandolo.

«Mi dispiace» continuavo a ripetere, aspettando che si calmasse, aspettando di mentire. Ho provato a toccargli un polso per tranquillizzarlo e mi ha spinto via. Sono quasi caduta, finendo di traverso su una sedia della cucina.

«Sei ancora ubriaca?» ha chiesto, e stavo per negare ma poi ci ho ripensato. Gli ho detto che lo ero. Gli ho detto che mi ero sentita così sollevata dalle buone notizie su mio padre che mi era venuta voglia di bere, avevo incontrato Christina, avevamo bevuto troppo, poi eravamo andate da lei e mi ero addormentata sul divano.

Mi ha creduto. È stato incredibile il modo in cui mi ha creduto. Era ancora arrabbiatissimo, ma era arrabbiato perché avevo bevuto e non ero tornata a casa, perché l'avevo fatto preoccupare. Semplicemente mi ha creduto, come se fosse vero solo perché avevo detto che lo era. Mi sono stupita che proprio lui, che mi aveva mentito per così tanto tempo, su Freja e tutto il resto, potesse pensare che dicessi la verità.

Mi sono spogliata e ho fatto un'altra doccia, l'ho lasciato da solo perché urlasse un po' meno e per lavarmi ulteriormente. Quando ho finito e sono tornata in camera, mi ha afferrata, ha buttato via l'asciugamano e mi ha fatto sdraiare sul letto.

«Mi dispiace» ho ripetuto ancora, e mi ha baciato il collo e l'incavo del petto.

«Lo so» ha detto, e ha continuato, insistente, anche se ero immobile e non reagivo. Le sue mani si muovevano su di me, mi toccava come quando voleva fare sesso. Non dicevo niente ma lui non se ne andava. Mi ha infilato le dita dentro, anche se non ero bagnata.

«Sono veramente stanca» ho bisbigliato, dimenandomi per allontanarlo. Non volevo deluderlo, ma l'alternativa era peggio. Il mio corpo sembrava radioattivo.

Mi ha sorriso e ha posato la mia testa sull'ammasso di cuscini, li ha sistemati, mi ha aperto i capelli a ventaglio così da farmi sentire una bambola, o un cadavere composto. Si è inginocchiato su di me, mi ha baciato con dolcezza sulla fronte e, con la stessa lentezza, in un modo che di solito mi faceva venire i brividi, sulle labbra.

«Mi dispiace» ho ripetuto, e mi ha zittito. Fino a poco tempo prima il modo in cui mi stava trattando mi avrebbe reso felice, la tenerezza, l'attenzione. Mi ricordava le attenzioni di un medico, quella stessa fermezza e sicurezza. Qualche volta all'anno, durante la pausa pranzo, andavo a donare il sangue, solo perché mi piaceva la cura con cui ti trattavano, e il fatto che ti toccassero con una così esperta facilità.

Adesso quell'attenzione mi faceva male. Volevo che mi perdonasse ma che mi lasciasse da sola, che mi lasciasse dormire, svegliare e ripartire daccapo come se non fosse successo niente. Ho chiuso gli occhi ma lui non si è fermato. Mi ha baciato e accarezzato di nuovo il collo e ha cominciato a muoversi verso il basso.

«Ti prego» ho detto, e poi: «Non voglio farlo» – una cosa che non avevo mai detto prima.

In passato, al minimo segno di riluttanza, si allontanava sbuffando.

Lo sa, ho pensato, *da qualche parte dentro di sé sa che ho fatto qualcosa.*

«Va bene» ha detto, continuando a sorridermi con gentilezza. «Non devi fare nulla. Faccio tutto io. Ti farò sentire meglio».

E ha continuato a baciarmi, a baciare i seni e le costole. Ho pregato che i lividi, che di sicuro sarebbero comparsi, non fossero già evidenti.

Ho cercato un'ultima volta di fermarlo, girandomi e rannicchiandomi, dicendo: «Io... io...». Incapace di costruire una frase che esprimesse il mio disgusto.

«Va bene». Ha sorriso di nuovo, come se mi stessi negando il piacere solo per punirmi, come se dovessi essere rassicurata che potevo permettermi di godermelo. Ha infilato con gentilezza un braccio sotto il mio ginocchio e mi ha aperto le gambe, e poi è calato su di me.

Mi teneva le mani ferme sui fianchi.

Ho rovesciato gli occhi, cercando la luce bianca per nascondere tutto. Volevo piangere per la repulsione, l'idea che la sua bocca fosse dove qualche ora prima era stato il cazzo di Noah. E tuttavia non potevo farlo smettere senza dirgli la verità, senza farmi odiare. Non tolleravo l'idea che mi odiasse. Avevo paura di lui, ma ero anche egoista.

Mi sono messa a contare e, quando ho pensato fosse plausibile, ho simulato un orgasmo, irrigidendo i tendini nella parte più morbida della coscia, ansimando e stringendogli la mano. Ho spinto il corpo contro il suo una, due, tre volte e poi sono collassata.

«Grazie» ho detto, e ho dovuto stringerlo a me ancora un istante prima di potermi voltare e fingere di dormire.

12.

Quello è il momento in cui sarebbe dovuta finire. Adesso mi sembra folle che sia andata avanti, ma ero ancora convinta di amarlo e che tradirlo fosse un sintomo della mia innata slealtà. Non meritavo amore ma ne avevo bisogno.

L'idea di dirglielo andava semplicemente oltre la mia immaginazione. L'idea di troncare la nostra vita domestica, le attenzioni quotidiane; l'idea di dovermi svegliare la mattina senza di lui. Non riuscivo a visualizzarlo. La mia non era solo paura, ero sinceramente incapace di concepire un mondo in cui accadevano queste cose.

Soffrivo moltissimo, le bugie e le omissioni, i sorrisi e gli orgasmi che dovevo fingere. Ma non era la prima volta. Sapevo che sarebbe passata. Una persona può abituarsi a tutto.

C'era anche dell'altro: non riuscivo a invertire i nostri ruoli. Sapevo di essere io la cattiva, ma ero l'unica a saperlo. Dirlo significava riscrivere la storia.

Il modo in cui tutti i miei amici segretamente o non così segretamente lo odiavano, e pensavano avesse un effetto negativo su di me. Il fatto che avesse amato Freja, che mi avesse lasciato per lei. La sua straordinaria freddezza, il modo in cui tutto il suo corpo poteva comportarsi come un rifiuto, voltandosi dall'altra parte mentre piangevo. Il modo in cui mi parlava, lasciandomi con la sensazione di essere pazza. Tutte queste cose sarebbero state diverse, ricollocate. Dirlo avrebbe cambiato tutto, la cattiveria che avevo dentro sarebbe diventata reale.

agosto 2014

1.

Io e Noah ci scrivevamo tutti i giorni. Io gli mandavo foto del mio corpo e lui mi faceva ridere in un modo che non mi capitava da una vita. Un giorno in ufficio, mentre chattavamo, mi ha chiesto di chiudermi in bagno e masturbarmi pensando a quello che avevamo fatto in albergo. Ho infilato il cellulare nel reggiseno per non farmi vedere dal mio capo, e ho fatto quello che mi ha chiesto. Sono venuta in un'esplosione, il pensiero del suo sorriso sghembo su di me, il suo cazzo in bocca. Gli ho mandato una foto della mia faccia arrossata dopo che ero venuta, in modo che lo sapesse.

Mi sembrava quasi un gioco innocuo, una distrazione ragionevole, perché non viveva a Dublino ed era lontanissimo, in tour da qualche parte in America.

Pensavo a lui di continuo, e il pensiero mi aiutava a superare le notti a casa. Pensavo a lui mentre cucinavo, facevo il bagno e Ciaran mi scopava.

Poi è tornato. Aveva una serie di concerti in Scozia e Inghilterra, che si sarebbero conclusi con una serata a Londra, e mi ha chiesto di andare a sentirlo.

Ero stata volutamente vaga su quale fosse la mia situazione, dicendo solo che abitavo con il mio fidanzato ma che le cose erano complicate, lasciando intendere che eravamo una coppia aperta o che ci eravamo già lasciati. Comunque non dovevo preoccuparmi che a lui importasse. A legarci era l'eversiva consapevolezza che eravamo volgari, che eravamo perversi, che ci univa la cattiveria. Lui stesso aveva una specie di storia che durava da tempo, in cui si lasciavano e tornavano insieme, a cui accennava di tanto in tanto senza sentirsi in dovere di dare spiegazioni o preoccuparsi.

Nell'attimo stesso in cui me l'ha chiesto, sapevo che sarei andata a sentirlo, non poteva essere altrimenti. Avevo i miei soldi e niente me l'avrebbe impedito. Ho visualizzato in un istante il pullman verso l'aeroporto, il pessimo caffè servito in aereo e l'eccitazione che avrei provato arrivando alla stazione. Ho prenotato subito un volo, prima di avere il tempo di cambiare idea.

Ho detto a Ciaran che Lisa e Christina andavano a un concerto e che sarei andata con loro. Era un po' contrariato ma nulla che non fosse gestibile, ha cercato pure di essere carino.

«Però mi mancherai» ha esclamato. «È un fine settimana lungo; pensavo che saremmo andati da qualche parte».

Ho sorriso, l'ho baciato e ho prenotato un albergo.

Era la prima volta che pianificavo il tradimento e pianificare era bello quasi quanto tradire, ogni noioso dettaglio del viaggio reso potente. Alle cinque è suonata la sveglia, ho guardato il suo bel viso addormentato e ho provato un dolore così tenero e travolgente che era quasi impossibile chiamarlo dolore. Sono uscita e ho chiuso la porta con l'acuta consapevolezza che stavo cambiando lo stato delle cose.

Stavo facendo qualcosa. Finalmente facevo qualcosa.

Sul pullman per l'aeroporto mi sono truccata in modo raffinato, curando con lentezza i dettagli fino a essere assolutamente bella.

Una volta arrivati, due donne anziane che erano sedute accanto a me mi hanno stretto una spalla per dirmi che mi avevano guardato tutto il tempo, stupefatte che non mi fosse scivolato l'eyeliner o il mascara, temendo che mi sarei cavata un occhio! Ero magnifica, hanno detto, e mi auguravano buone vacanze. Ho sorriso con dolcezza e sono andata a cercare un bagno per controllare il risultato.

Sul treno da Stansted a Londra ho rifatto il trucco, bevuto un quartino di vino, spazzolato i capelli e fatto un selfie. L'ho messo su Instagram e l'ho mandato anche a Ciaran.

Adorabile, ha risposto.

Mentre il treno arrivava alla Liverpool Street Station, con la luce che inondava il vagone dal tetto di vetro, ho provato la stessa incauta eccitazione di quando a diciott'anni mi ero trasferita a Dublino. La sensazione di essere giovane in una città, di lasciar accadere le cose, diventare un'altra persona.

Quando sono arrivata in un albergo economico vicino al London Bridge era l'ora di pranzo, ho fatto un lungo bagno e mi sono struccata.

Io e Noah ci eravamo scritti quanto fossimo eccitati all'idea di rivederci. Il cuore mi batteva già, non la smettevo di sorridere. Mi sono ripromessa di non bere fino a sera. Ci saremmo visti alle otto, al bar di Brixton dove suonava la sua band.

Alle sei mi sono truccata di nuovo e ho indossato un abitino corto azzurro che avevo comprato per l'occasione, poi sono andata al bar dell'albergo e ho bevuto due gin tonic nel patio.

C'era anche un gruppo di tifosi di calcio tedeschi ubriachi che mi guardavano flirtando e mi urlavano cose e io ho ricambiato gli sguardi con gelida indifferenza. Ero così bella. La discrepanza tra quello che mi stava succedendo dentro e l'aspetto che avevo rendeva il mio potere infinito.

Il mio aspetto concedeva a tutto il caos che avevo dentro una grazia salvifica, un fascino disordinato.

Quando sarò vecchia sarò grata per questa cosa, ho pensato, dopo l'ennesima sigaretta. Ricorderò quella precisa sensazione di essere seduta nel patio di un albergo in attesa di fare sesso con un uomo che desideravo così tanto da sentirmi svenire.

Ricorderò cosa significa avere un corpo che non poteva essere negato o guardato con ambivalenza. E ne sentirò la mancanza, inclusi i segreti, incluse le bugie.

2.

Quando sono arrivata al bar, ho trovato Noah che fumava in cortile con gli altri della band. Mi ha presentato e hanno tutti sorriso e salutato e non mi hanno fatto sentire strana né hanno ridacchiato, anche se immagino sapessero tutti perché ero lì, che non poteva esserci altra ragione.

Sono tornati dentro il locale, lui si è avvicinato, mi ha stretto il viso tra le sue mani ruvide e mi ha accarezzato i capelli, guardandomi come se non riuscisse a credere che fossi lì – ma non in modo serio, non in modo coscienzioso o imbarazzante, solo come se stesse osservando una pianta o un animale o un giocattolo particolarmente interessante, qualcosa di divertente o piacevole. Lui era semplice e facile e lo erano anche il piacere che gli davo e il mio aspetto.

Mi ha fatto strada fino al suo furgone, disseminato di chitarre e contenitori da fast-food vuoti, e siamo saliti sui sedili anteriori. Avevamo di fronte a noi l'ombra di un muro ricoperto di edera, ma eravamo abbastanza visibili da rendere la cosa assurda e pericolosa. Mi sono seduta a cavalcioni su di lui e ho piegato il collo per baciarlo così da inondargli la testa con i miei capelli. Per un attimo ho pensato a come fossi pulita rispetto a lui. Sentivo il mio profumo di shampoo alla lavanda dell'albergo, e la sua puzza di sudore e di tabacco vecchia di settimane.

Ho abbassato gli occhi per guardarmi. Ero bianca e rosa nel mio abitino corto e azzurro con la scollatura quadrata. Ero un gelato alla fragola, azzurro cielo. Avevo un profumo così buono da dare alla testa.

Lui era consumato dal sole, affascinante e irruvidito dalla sua vita vagabonda a base di alcol e hamburger, la pelle fulva e dura come quella di un contadino. Ha trafficato con la cerniera e ha tirato fuori il cazzo; è uscito anche un odore stantio e vagamente di pipì e il disgusto che ho provato mi ha fatto eccitare ancora di più.

Come nei sogni in cui mi scopavo Freja, provavo piacere immaginando di essere io a penetrare lui.

Mi sono sforzata di entrare nella sua testa, tentando di capire come fosse aprire qualcosa, qualcuno, spalancandolo.

Ho abbassato lo sguardo su di me ed ero isterica per il calore di quell'invasione, la mia e la sua.

Mi ha scopato in fretta e ho lasciato che mi venisse dentro, poi sono tornata nel bar seguendolo, tenendolo per mano, con quel liquido caldo che mi scorreva tra le gambe.

Sembrava quasi che gli altri uomini dentro il locale mi guardassero con approvazione. Mi sono chiesta se in qualche modo riuscissero a sentirlo, se fosse come essere in calore, se riuscissero a sentire il suo odore su di me, e avrei voluto coprirlo con il loro.

Perché ci voleva questo per sentirmi me stessa?

In momenti così ero veramente me stessa, pensavo solo a me, non ero altri che me.

2019, Atene

Oggi, a volte, quando sono sola e annoiata, provo a parlare con la gente. Parlo con altre persone sole nei bar, cerco di sconvolgerle abbastanza perché dicano qualcosa di interessante, o si allontanino.

Penserete che sia crudele, lì a ridere in faccia a uomini tristi e dai lineamenti flaccidi che bevono da soli in questo paese dove bere da soli non è molto normale, mentre si scansano da me. Hanno la pelle grigia, stanno perdendo i capelli, portano gli occhiali. Sono semplicemente goffi nel modo sbagliato, con le loro magliette di band black metal e brutti pantaloncini, mentre flirtano inutilmente con le belle cameriere. Non mi notano quasi più. Non sono più una ragazza.

Quando rivolgo loro la parola, domando: «Lei pensa di essere una persona amabile?».

E mentre ci ragionano sopra, o fanno per voltarsi dall'altra parte, velocemente dico: «Pensa che qualcuno potrebbe innamorarsi di lei se vedesse ogni singola cosa che fa?». E li guardo farsi piccoli come se avessi allungato una mano e mollato un ceffone.

«Dico sul serio. Immagini che tutti possano vedere tutto. Ogni segreto, ogni basica eiezione fisica, ogni genere di porno che lei abbia mai visto in una sorta di coma quando ormai non reagiva più alle cose normali. Pensi a tutto questo. A ogni momento di vergogna, di disperazione – crede davvero che qualcuno potrebbe amarla ancora? Anche una sola persona?».

3.

Ricordo com'era quando amavo Ciaran all'inizio, prima che mi lasciasse quella volta a Natale, quando mi mancava così tanto appena andava da qualsiasi parte. Un fine settimana era andato a una conferenza a Limerick e non sapevo cosa fare, né volevo qualcosa da fare, volevo tenermi impegnata solo sentendo la sua mancanza.

Ricordo che mi sdraiavo in quel letto solitario, pensavo a lui e piangevo. Non piangevo perché ero triste o preoccupata, perché non ero ancora l'una né l'altra cosa. E non piangevo esattamente per il dolore della sua mancanza. Piangevo con una specie di gioia che provavo proprio perché mi mancava, piangevo per il lieve dolore che avvertivo per la mancanza di un uomo.

Sembrava un dolore giusto, una condizione basilare, ed era questo a farmi piangere – il fatto che sembrasse giusto e rassicurante. Non riuscivo più a essere felice senza di lui, ma era un bel dolore, perché aveva una soluzione, sapevo come curarlo.

E questa è una cosa per cui consigliare l'amore: ha regole chiare come in un gioco, e discorsi e frasi che hai sentito nei film e nelle canzoni. Ci sono modelli di riferimento e ci sono passi da fare. Certo, puoi perdere la partita, ma puoi gestirla, e quantomeno hai avuto la possibilità di giocarla.

Ricordo che quando ci siamo lasciati mi svegliavo sempre in lacrime, dopo aver sognato tutta la notte che diceva di amarmi.

Nel sogno lo diceva e piangevo perché sapevo che era così.

Riuscivo a sentirlo, riuscivo quasi ad assaporare le parole, erano fredde e deliziose come una bibita, ma sapevo che appena sveglia avrebbero smesso di essere vere.

Ricordo che una volta lo guardavo mentre litigavamo, o comunque io stavo litigando.

Aveva criticato il cibo che preparavo, criticato quanto e cosa mangiavo, finché alla fine gli ho chiesto di smetterla, gli ho chiesto perché faceva sempre così.

Immediatamente si è chiusa la saracinesca, il suo viso ha perso ogni espressione e ha risposto che la mia insicurezza era un mio problema e che non ci si poteva aspettare che lui cambiasse in funzione di questa insicurezza. Non poteva controllare di continuo quello che diceva solo perché io mi sentivo in un particolare modo.

Quando l'ho visto così inespressivo ho cominciato a piangere e gli ho chiesto scusa, scusa, scusa ma non era più con me, si è allontanato e si è seduto vicino alla finestra guardando fuori e ignorandomi.

Era illuminato dai lampioni e dalle luci della friggitoria dall'altra parte della strada e anche se ero sempre più isterica, sono rimasta comunque spiazzata da quanto fosse bello quando era assente, da come lì seduto assomigliasse a un dipinto o a una statua. In un istante riusciva ad allontanarsi chilometri da me. Gli invidiavo questa sua capacità di sottrarsi a se stesso.

Ha centellinato la sua freddezza un po' alla volta, per tutto il tempo in cui ci siamo frequentati, mentre io ho conservato la mia tutta per la fine.

4.

Ricordo di aver letto di Ian Tomlinson, un edicolante morto durante le proteste del G20 a Londra, nel 2009, dopo essere stato colpito da un poliziotto. Sfogliavo un giornale, ho visto che era morto e mi sono rattristata. L'indomani c'erano altri particolari, viveva in un ostello, era un alcolizzato, e a quanto pare morendo aveva detto: «Cerco solo di tornare a casa, cerco solo di tornare a casa». Nel leggerlo, sono scoppiata in lacrime sul sedile del passeggero dell'auto di mio padre. Ho immaginato la sua vita, il suo alcolismo, le sue giornate in quell'ostello, cercava solo di tornare a casa. Ho pianto per giorni.

Da ragazzina, ho sentito raccontare una storia accaduta molto tempo prima, in un paesino rurale vicino a Waterford. C'era una donna povera che si vendeva ad alcuni uomini del villaggio, e le mogli si erano alleate e l'avevano uccisa. Forse non era stato intenzionale, ma l'avevano fatto. L'avevano aggredita, malmenata e alla fine era morta.

Un'altra storia letta su un giornale. Il giovane custode di una chiesa aveva manipolato un uomo bravo e rispettabile di mezz'età, un cattolico. Quest'uomo era gay, e non era mai riuscito ad accettarlo. Il giovane custode aveva convinto l'uomo che fossero innamorati, con l'intenzione di approfittare di lui e cambiarne il testamento. Aveva organizzato una cerimonia per celebrare la loro relazione, dopodiché l'aveva avvelenato lentamente, facendogli credere che stava sviluppando una forma di demenza senile. Ma non prima di averlo illuso di aver trovato finalmente l'amore. *Alla fine non ho più paura di morire da solo*, ha scritto l'uomo sul letto di morte. C'è da sperare che sia morto prima di essersi reso conto di quanto in realtà fosse solo. C'è da sperare che sia morto continuando a pensare che qualcuno lo amava nel modo in cui aveva sempre voluto essere amato.

Letto sul nostro giornale locale, quando avevo dodici anni: una donna anziana lasciava che alcuni bambini del quartiere giocassero intorno a casa sua, preparava loro tazze di tè e biscotti. Logicamente è andata a finire che alcuni ragazzi più grandi hanno iniziato a portare lattine di birra e a fumare erba, lei non sapeva come farli smettere e un giorno uno dei più grandi l'ha picchiata. Quando picchi una persona anziana, la sua pelle è sottile come carta – le hanno trasformato il viso in un'esplosione di azzurro e viola, e l'espressione che aveva la donna diceva: *Perché?* Perché?

Queste storie mi fanno stare malissimo, ma ho imparato a reagire a quel dolore pensandoci e ripensandoci, sforzandomi di ripercorrere i dettagli di continuo, fino a quando perdono di significato.

O diventi indifferente, o muori anche tu.

settembre 2014

1.

Poi ci sono stati gli altri, in successione rapida e maniacale: prima un amico, poi un collega, e infine un artista.

Bevevo sempre di più e Ciaran sapeva che ero cambiata. Nei momenti migliori ero servilmente dolce con lui, ma poi scomparivo per notti intere e non mi scusavo, mi limitavo a barcollare in casa ubriaca e crollavo a letto.

Ho ripreso a frequentare i miei vecchi amici, e dato che erano passati anni e adesso eravamo più grandi, solo gli alcolisti più irriducibili mantenevano il ritmo che avevo conosciuto un tempo. Solo in pochi riuscivano a starmi dietro, economicamente e fisicamente. Erano spensierati e depressi cronici, artisti e musicisti con una rete sociale di cui avrebbero beneficiato per il resto delle loro vite. Se eri ubriaco anche tu, erano le persone più divertenti di Dublino.

Alcuni di loro facevano ancora i dj e i pr nei locali, e quelli bravi nel loro lavoro giustificavano così i continui eccessi notturni. Noialtri ci giustificavamo dicendo che lo facevamo per stare con loro – se uscivamo la sera era per vedere i nostri amici, e guarda caso questi amici lavoravano in locali che non aprivano prima delle undici e obbligavano a grandi bevute di cocktail da quattro soldi in promozione quella settimana, e a un numero non trascurabile di spedizioni in bagno a sniffare chissà cosa da una chiave che educatamente ti mettevano sotto il naso.

È andata così con il tizio successivo con cui ho scopato, fatta e annebbiata dall'alcol, contro la parete di un bagno per disabili in un locale su Harcourt Street. Era un mio vecchio amico che si chiamava Mark, vendeva pasticche, suonava in quattro band e quando ci frequentavamo, anni prima, mi portava sempre a smaltire castamente le sbornie da McDonald's.

Dopo non ricordavo com'era stato il sesso, non del tutto, ricordavo solo i suoi amici che ridacchiavano dalla postazione del dj guardandoci uscire dal bagno, e io che tornavo a casa da sola barcollando lungo il canale.

2.

Ero sempre in contatto con Noah. Era irreale – o ciò che lui significava per me era irreale – ma sembrava un miracolo, che esplodeva dallo schermo del mio cellulare ogni volta che mi contattava, con la sua sagacia e il suo strano umorismo. Me ne andavo in giro tutto il giorno e non lo cercavo mai. Mi mandava foto di cosa mangiava e di cosa vedeva e mi diceva cosa pensava senza che dovessi chiederglielo.

Dopo il gelo di Ciaran, il calore di Noah era spiazzante, un sovraccarico sensoriale, una persona senza barriere. L'idea che qualcuno potesse vivere a quel modo era così meravigliosa che non sapevo se crederci o meno. Era solo una scelta?

La cosa incredibile di Noah non era il fatto che fosse una bella persona in sé, o almeno non era solo questo a renderlo bello. Piuttosto, aveva la capacità di rendere il mondo bello, maturo e pronto per fiondarcisi dentro, mi faceva sentire divertente, nuova e spumeggiante, ed era come se non fosse neanche necessaria la sua presenza perché tutto questo fosse vero.

3.

Ho ricevuto una mail da Lisa, sempre felice a Berlino con la sua fidanzata e la sua nuova vita imperscrutabile.

Anche se adesso sapevamo poco l'una dell'altra, continuavamo a volerci bene. Nella sua mail mi raccontava che stava ultimando la prima stesura del suo libro.

Ho deglutito, la gola che pizzicava di orgoglio e invidia – il mio unico sogno dell'infanzia era scrivere un libro.

Quand'ero piccola, prima dell'alcol e degli uomini e del resto, i libri sapevano assorbirmi totalmente e mi permettevano di dimenticarmi di me.

Mi piaceva l'idea di creare qualcosa che facesse sentire gli altri come mi sentivo io. Sembrava il mio unico desiderio possibile.

Chiaramente era stato molto tempo prima, e adesso mi sembrava al limite dell'incomprensibile che qualcuno potesse dedicare tempo e fatica a un'attività che non assicurava un ritorno economico.

La vita era così priva di scopo, così opaca e mutevole che l'unica cosa a cui riuscivo a pensare erano sensazioni immediate.

L'immediato era tutto ciò che avevo.

4.

Poi è stata la volta dello stesso orrendo e odioso collega che mi aveva palpeggiato alla festa aziendale, un'altra sera in cui ero uscita – il tizio che mi aveva turbato così tanto chiedendomi come cazzo era possibile che Ciaran mi avesse lasciato uscire così.

Un altro ricordo annebbiato e lacrimoso di lui, del mio iniziale consenso ubriaco e riluttante.

Poi, alla fine, qualcosa di vicino al piacere o quantomeno al bisogno, un bisogno di avere le sue mani schifose su di me. Ricordo di aver pianto con le sue mani strette alla gola, l'odore disgustoso della sua marcia interiorità, il modo in cui mi ha fatto sentire quanto appartenessi a Ciaran e quanto a me stessa. Com'è stato potente, e terribile.

5.

E per ultimo c'è stato un artista che condivideva lo studio con Ciaran, uno studente giovane e carino dall'aria malaticcia con un taglio di capelli orribilmente alla moda.

Ero lì un sabato notte, nella loro stanza al quarto piano sulle banchine, dopo essere stata in giro a bere e a ballare fino alle due. Ero andata a vedere se ci fosse Ciaran, perché come sempre il cellulare mi si era scaricato a inizio serata. Avevo dimenticato l'esistenza di quel ragazzo, giovane, timido e anonimo.

Quando ho bussato alla porta, lui ha aperto con la sua espressione timorosa e afflitta e mi ha detto che Ciaran era andato via da ore. Mi ha offerto una birra, ci siamo seduti sulle scrivanie dove avevo visto Ciaran lavorare, e abbiamo parlato e bevuto fino a quando non si è ubriacato anche lui, e poi ci siamo baciati e abbiamo fatto sesso.

Sembrava spaventato e un attimo dopo era inaspettatamente violento, mi ha picchiato e pizzicato nei posti più morbidi e poi si è richiuso in se stesso.

Poi mi sono sentita in colpa, questa volta non solo verso me stessa, ma anche verso il ragazzo, per averlo coinvolto in questa storia.

Mi dispiaceva per quello che non andava in lui, per quel suo picchiare e ritrarsi, picchiare e ritrarsi.

6.

La mattina mi sono svegliata da sola, la luce delle lunghe finestre dello studio su di me e la bocca secca che ansimava.

Ero nuda e coperta con un'incerata. Me la sono stretta addosso e mi sono tirata su, schermandomi gli occhi e strizzandoli per la solenne luce grigia sopra il fiume Liffey della mattina presto quando fa freddo.

Era l'1 novembre a Dublino ed era il mio compleanno. Avevo venticinque anni.

Lo stomaco ha iniziato a darmi fastidio, inondato dall'acidità. Avevo il labbro tagliato e gonfio per un colpo. Le ginocchia e l'interno delle cosce erano pieni di lividi, avevo del sangue tra le gambe, e dello sperma che mi colava da dentro.

Ero da sola.

Mi sono trascinata sul pavimento con una mano sulla testa che pulsava per cercare la borsa e nella borsa il telefono, l'ho messo in carica e mi ci sono sdraiata pesantemente accanto.

Ho premuto la faccia ferita e rovente contro la parete, che puzzava di intonaco e mi ricordava la scuola.

(E lì ho pensato a com'era un tempo a scuola, a quanto volevo bene a Bea e a come ci passavamo bigliettini tutto il giorno. Trattenevamo a stento le risate, fremendo e diventando viola per lo sforzo, a volte scoppiando inutilmente a ridere per i disegnini e i soprannomi e le sciocchezze e facendoci buttare fuori dall'aula. Mi sono ricordata di quando una volta a metà trimestre ero tornata a casa e avevo letteralmente pregato Dio che non ci spostassero di banco, come ci avevano minacciato diverse volte, perché le volevo bene da morire).

La parete era fredda e lenitiva sulle parti del viso gonfie e indolenzite, punti che quel ragazzo strano e triste aveva colpito senza preavviso.

Mi sono chiesta come facessero sempre a sapere che potevano picchiarmi.

Anche quando non glielo dicevo, sapevano che una parte di me lo accettava e desiderava.

Ma come facevano a saperlo?

Perché a nessuno veniva mai in mente di chiedermi come volevo essere picchiata, o per quanto tempo, o quanto forte?

E se me l'avessero domandato, avrei saputo come rispondere?

Ho acceso il cellulare.

C'erano dozzine di chiamate senza risposta di Ciaran che ho scrollato apaticamente, e c'erano messaggi di Noah, messaggi con cui mi provocava e mi diceva cosa stava facendo, e che gli mancavo.

Noah.

Pensare a lui era rinvigorente nella devastazione di quella mattina. Era solido, forte e felice. Mi faceva ridere e credere che le cose potessero ricominciare.

Era intelligente ma non noioso, il modo in cui parlava mi faceva pensare a cose nuove, cose che da sola non avrei mai pensato.

Sapeva ciò che voleva fare nella vita, e in questo modo si era garantito la felicità. Volevo stargli accanto, assorbire la sua sicurezza.

Volevo che mi toccasse a volte con gentilezza e altre con durezza, e che entrambi sapessimo sempre, senza domandare, quale dei due modi fosse giusto in quel momento.

Ho pensato ai suoi occhi assonnati che mi guardavano

con affetto, come se fossi una cosa di valore che desiderava e che sapeva di meritare, al suo sorriso pigro e al suo irriducibile essere se stesso. Conoscerlo anche solo un po' ti faceva percepire la pienezza del suo carattere, il modo in cui esplodeva a ogni sua battuta, bacio o esclamazione.

Era come una montagna altissima da scalare, dentro di sé era così affollato, caotico e vibrante da dare l'impressione che non mi sarei mai annoiata nel trovare un ordine. Con lui sembrava che le parole non si sarebbero mai esaurite, che non ci sarebbero mai stati spazi vuoti né punti fermi.

Il pensiero di lui mi riempiva in modo rassicurante, calmava la ruvidità della mia gola logora da fumatrice e l'indolenzimento dei lividi. Stemperava l'adrenalina e la paura prodotte dai tremendi postumi della sbronza. Mi sarebbe piaciuto stare un istante con lui, parlare con lui e farlo sorridere mentre guardava il cellulare, come stava capitando a me adesso.

Nei messaggi diceva che da gennaio sarebbe rimasto a Londra per almeno qualche mese, per registrare lì con una band e vedere come andavano le cose, e avevo voglia di andarci e stare con lui per un po'?

Avevo voglia?

Era qualcosa che potevo vedere, che potevo sentire in quello stesso istante.

Il viaggio in aeroporto, dopo aver raccolto in fretta le mie cose nell'appartamento con Ciaran che mi urlava dietro.

La sensazione insuperabile di essere giovane, sola e pronta al prossimo passo.

L'aria fredda e cristallina, mentre mi muovevo rapida sull'asfalto gelato che portava ai terminal, il puro piacere di ritrovare Noah lì e di essere libera da tutto quello che avevo fatto a me stessa.

Il semplice piacere di stare a guardare cosa sarebbe successo.

Avremmo potuto parlare di tutto questo, e di Ciaran, di

quanto mi fossi sbagliata scegliendo una persona così, di quanto fosse doloroso cercare di amare qualcuno per tanto tempo. Mi avrebbe rassicurato dicendomi che adesso sarebbe andata meglio e a volte mi avrebbe lasciato piangere e poi avremmo scopato, saremmo stati felici e avremmo abitato insieme in questo nuovo posto, nuovissimi l'uno per l'altra.

La domenica saremmo andati a Deptford e New Cross dove abitavano i suoi amici e avremmo fatto il pollo arrosto e bevuto le bollicine da cinque sterline di Sainsbury's.

Avrei lavorato nei caffè e nei pub e scritto di giorno mentre Noah era impegnato, e la mattina avremmo fatto lunghe passeggiate intorno al Peckham Rye Park o fino al London Bridge e poi avremmo passeggiato lungo il fiume.

Saremmo andati al Broadway Market ad assaggiare le cose migliori e a comprare olive puzzolenti da mangiare camminando. Non avremmo avuto niente da fare. Camminare senza meta sarebbe stata la meta.

E sarei andata ad alcuni suoi concerti – non a tutti, perché avrei avuto anche la mia vita – e l'avrei guardato suonare e sarei stata orgogliosa ed eccitata dall'intimità di quell'esibizione pubblica, dal suo viso che nei momenti culminanti si contorceva ed esplodeva in inconsueti sorrisi estatici.

Non saremmo stati noi due soli al mondo perché lui non era quel genere di persona, non sarei riuscita a contenerlo nemmeno se avessi voluto. L'avrei amato per la sua socievolezza, il suo cuore aperto e gli avidi appetiti. Non avrei voluto contenerlo.

Certi fine settimana avremmo preso un treno per il Kent e fatto camminate lunghe un giorno, percorrendo la costa per venticinque chilometri.

(*Ma non sarebbe da te*, direbbe Ciaran se mi sentisse. Lunghe scarpinate? E il punto sarebbe stato proprio questo: non sarei più stata me stessa).

O forse sarebbe stato diverso da così. Forse sarebbe stata una vita che non riesco nemmeno a immaginare. Qualcosa di cui non ho alcuna esperienza, qualcosa senza precedenti.

Ho lasciato che la mia mente si perdesse in questi pensieri per qualche istante e ho sentito il sollievo che mi procurava.

Mi sono lasciata invadere da qualcosa di completamente nuovo, che era l'unico modo per uscire viva da Ciaran, quella gioia frastornata di poter dimenticare in un attimo una vita intera, tutta me stessa.

Anche se non lo conoscevo.

Anche se era solo l'ennesima immagine.

Anche se non sarei stata giovane e sola – sarei stata giovane e pronta a raggiungere qualcun altro.

Noah era completamente diverso da Ciaran, era sincero, ero io a non essere cambiata.

Sarei rimasta la stessa, lo sapevo, per quanto non desiderassi altro che credere il contrario.

All'inizio mi sarebbe sembrato di andarmene, sbalzata in un'euforia nuova e mai provata, ma un giorno non lontano quella teoria sarebbe andata in pezzi (e forse dopo non molto: il problema di Noah con l'alcol, speculare al mio, la sua possibile fidanzata di cui parlava raramente, il suo bisogno istintivo di flirtare con chiunque incontrasse).

Sarei rimasta nella disperazione, non nella gioia, sarei fuggita da qualcosa e finita in qualcos'altro.

No, non ci sarebbe stata fine a tutto questo. Non ci sarebbe stata fine a meno che non ne avessi decisa una io.

7.

Dallo studio sono salita direttamente su un taxi, per non concedermi il tempo di rimettermi in ordine e di cambiare idea. Non ricordo di avere mai avuto tanta adrenalina in circolo, non ricordo ogni singolo millimetro di me tremare e smuovere le altre parti e il cuore battere paurosamente per l'alcol e la consapevolezza di quello che stavo per fare.

Due parti di me erano in preda al panico per ragioni differenti.

La parte abitudinaria, quella che dipendeva dalla quotidianità con Ciaran e dalla promessa che non sarei mai rimasta sola, stava cercando di fermarmi, di dirmi come nascondere la notte precedente, come rimettermi in sesto e mentire.

E adesso c'era un'altra parte, ed era così potente e veloce che sembrava far accelerare il taxi con la sola forza di volontà, una parte che mi diceva di scappare a gambe levate. Di venirne fuori il prima e il meglio possibile. Di ridurre in cenere la casa, di chiuderlo dentro, di dimenticare tutto alla rapidità che la realtà avrebbe consentito.

La parte abitudinaria cercava di consolarmi, di mostrarmi una galleria di immagini dei bei tempi che io e Ciaran avevamo condiviso, i tempi che mitigavano tutto il resto. E li vedevo, quei tempi, il sollievo di sdraiarmi la sera in un letto tranquillo insieme a lui, il sollievo del suo occasionale abbagliante buonumore e di come potesse essere divertente in quei momenti, il sollievo che provavo quando stavo male e si prendeva cura di me.

All'epoca pensavo che quei momenti fossero sempre questo: un sollievo. Erano sempre il sollievo per l'assenza di ciò che temevo, le cose ordinarie e che erano davvero quotidiane: la freddezza, l'ignoranza, il disprezzo, e l'odio.

Il rimproverarmi e modellarmi, i complimenti ambigui e i consigli sarcastici. La costante consapevolezza che mai e poi mai sarei stata quello che voleva. Il piacere spesso non era piacere; era sollievo dal dolore. Era legarti da sola c sentirti bene quando le bende cadevano, era procurarti un buco nella gamba per poter sentire che guariva.

Avevo sofferto, avevo trasformato la sofferenza in qualcosa che riuscivo a considerare buono. Avevo fatto in modo che la sofferenza fosse una specie di lavoro.

8.

Vacillando sono scesa dal taxi, su Rathmines Road, ed era così presto che un gruppetto di trentenni ha riso nel vedere in che stato ero, forse riconoscendo bonariamente in me i se stessi del passato.

Ho infilato la chiave, ma prima che riuscissi a girarla, la porta del nostro appartamento si è spalancata.

Lui mi ha guardato, dall'alto in basso, e poi si è voltato e ha risalito i gradini a due a due. L'ho seguito, con il cuore in gola. Sono entrata nel nostro soggiorno. Ho messo la borsa e le mie cose sul tavolo, e sono crollata pesantemente sul nostro divano.

«Voglio lasciarti» ho detto.

Avevo la testa ancora completamente annebbiata dall'alcol.

«Ah, davvero?» ha detto con tono derisorio.

Non era sorpreso. Ho sentito un improvviso sollievo. Forse sarebbe stato facile. Forse se l'aspettava. Forse lo pensava anche lui!

«Perché vuoi lasciarmi?» ha chiesto, gli occhi che facevano ancora quel balletto sarcastico e gelido.

Non sapevo cosa rispondere. Mi aspettavo che la mia affermazione fosse l'evento in sé, mi aspettavo che si arrabbiasse e fosse scioccato e urlasse.

A quel punto si è voltato, diretto verso la nostra stanza, e con un rapido cenno della mano mi ha fatto segno di seguirlo.

Si muoveva più velocemente e naturalmente che mai.

Barcollavo in corridoio aggrappandomi alle pareti, la testa che adesso iniziava a pulsare con forza.

Sono entrata in camera nostra, lui si era seduto sul bordo del letto.

Intorno a lui c'erano i miei diari.

Li aveva disposti in modo che sventolassero bizzarramente, occupando tutto lo spazio.

Le parole erano tutte lì. Quello che avevo fatto. Chi mi ero scopata.

I sentimenti che provavo per Noah.

La mia frustrazione e infine la noia con lui, Ciaran.

Si era seduto in mezzo a tutto questo, e con un terribile ghigno lento e infuocato ha preso uno dei diari e me l'ha letto ad alta voce.

«*Non so perché sono fatta nel modo in cui sono fatta. Non so perché ho bisogno di essere picchiata, ferita e umiliata in questo modo. Non ho alcuna consapevolezza delle mie ragioni. Ma è semplicemente vero che voglio queste cose e che Ciaran non sembra interessato a darmele*».

Mi ha guardato di nuovo con quell'orribile sorriso che gli si insinuava nel viso solitamente così bello.

«Mi dispiace» ho detto, ed era quasi comico per come suonava inadeguato.

Tremavo. Avevo bisogno di zucchero, acqua fredda, una doccia. Avevo bisogno di andarmene.

«Mi dispiace» ho ripetuto.

E il mio dispiacere è sembrato così incerto che nemmeno io ci ho creduto, ma poi ho cominciato a piangere. Mi sono seduta in un angolo, ho messo la testa in grembo e ho pianto senza fermarmi. Con una mano nascondevo il viso, e con l'altra cercavo lui. Gli ho toccato la mano e lui si è alzato.

«Non mi hai mai detto che era questo che volevi» ha detto.

Piangevo immobile, senza registrare le sue parole né le sue azioni.

Si stava slacciando la cintura. Si stava sbottonando i pantaloni e abbassando la cerniera. Ero rannicchiata nell'angolo più remoto della stanza, mi nascondevo da quanto stava accadendo, dalla mia vergogna. Stringevo una sua maglietta sul viso per raccogliere le lacrime e respirarci dentro.

Adesso si era spogliato.

Si è inginocchiato davanti a me e mi ha baciato e la sensazione che non mi odiasse è stata bella e inaspettata. Ho ricambiato il bacio, estasiata dal sollievo.

Poi mi ha infilato le mani velocemente e bruscamente dentro il vestito. Ho emesso un suono sorpreso.

Mi ha baciato di nuovo, dolcemente. Per un istante mi sono sentita assolta. Mi stava perdonando.

Mi ha afferrato le mutande con violenza, strappandomele via e facendomi ribaltare.

«Ehi!» ho mormorato, distolta dalle mie lacrime, per la prima volta turbata dalla stranezza della situazione e dal suo comportamento.

Ha premuto le mani sul mio basso ventre appena sopra l'inguine, per tenermi ferma. Il cuore mi batteva velocissimo. Il suo tocco mi stava facendo sentire malissimo ma sembrava inevitabile. Ho pensato, *Se è solo questo e poi potrò andarmene, posso farcela.*

Ha iniziato a scoparmi, ho chiuso gli occhi e li ho rovesciati all'indietro, cercando di catturare luce bianca e scintille. Poi mi ha colpito.

Prima mi ha schiaffeggiato, e vedendo che non aprivo gli occhi, mi ha dato un pugno. L'ho guardato a bocca aperta, scioccata.

«È così che ti piace, vero?» ha detto.

Ho cominciato a piangere, e a divincolarmi.

Vedendo che mi divincolavo troppo e non poteva più scoparmi comodamente, mi ha tirato su per i capelli. Mi ha infilato il cazzo in bocca mentre mi spingeva dalla nuca, e mi ha scopato così.

Ho iniziato a piangere, a piangere davvero.

«Smettila di piangere, troia» ha detto, e a quel punto ho alzato gli occhi per guardarlo, tra le lacrime, e ho visto che mi odiava. Mi odiava interamente e completamente.

«È così che ti piace» ha ripetuto scopandomi in gola. E quando piangevo di più, lui sogghignava.

«Ecco cosa ti piace» ha continuato a dire.

9.

Quando ha finito si è chiuso in bagno.

Ho riempito frettolosamente una valigia e me ne sono andata.

Quella notte l'ho passata in albergo, a mollo in un bagno bollente.

Due settimane dopo ho lasciato il paese.

MAGGIO 2015
Atene

1.

Sei mesi dopo aver lasciato Ciaran ed essermi trasferita in Grecia, il mio amico Mark mi ha chiesto se poteva venire a trovarmi. A quel punto ero da sola già da un po' e la mia solitudine era di una natura diversa rispetto a prima e durante la mia relazione con Ciaran. Esisteva in modo più permanente e pacifico, sembrava poter essere tollerabile per sempre. Non riuscivo ancora a stabilire se era una sensazione alla quale avrei dovuto opporre resistenza.

La mia recente avversione per la compagnia degli altri sembrava in qualche modo perversa e pericolosa, implicando decenni futuri di strani comportamenti, suggerendo un epilogo che non ero sicura di volere.

Un giorno mi sono accorta che non parlavo con nessuno da una settimana. Sulla metro un uomo con i baffi e grandi braccia abbronzate ha avvolto la mano con cui mi reggevo al palo con la sua, e ho dovuto trattenermi dal chinarmi in avanti di quel millimetro che mi avrebbe permesso di strofinare la guancia sulla sua schiena liscia e marrone.

2.

Mark è arrivato. Non mi sembrava giusto parlare con un'altra persona, e con una persona che ricordavo a stento. Le mie parole erano incerte e, dopo settimane che non bevevo, ubriacarmi non aiutava. Quando gli ho raccontato come passavo le giornate – lavorando, camminando, leggendo, scrivendo – sembrava tutto più apatico e rilassante di com'era in realtà, ovvero costantemente acceso dalla novità della perdita, dallo shock del caos.

Lui continuava a ripetere quanto fossi straordinaria, come doveva essere brillante il mio lavoro, che aspetto favoloso avessi, che persona speciale fossi.

Quando ho accennato al fatto che avevo avuto una brutta giornata e che non riuscivo a lavorare bene, ha subito negato che fosse possibile.

Adesso detesto gli uomini che mi idolatrano a quel modo, quelli che non mi conoscono. I loro elogi atterrano incerti nell'aria a metà strada tra noi, perché non mi appartengono. Odio sentirmi dire chi sono, anche o soprattutto quando trovano che io sia gentile o brillante o bella. Odio quando insistono nel dire che non ho difetti, che la mia pigrizia o violenza o crudeltà semplicemente non esistono.

Quando dicono così, mi sento ancora più scissa dal mio corpo, sento il malessere di uno sconosciuto che mi guarda negli occhi e descrive qualcosa che non c'è. Quello che vedo è il loro disprezzo per la mia realtà. Vengo inventata così da indossare qualsiasi particolare fantasia vogliano proiettare.

Ogni volta che succede devo trattenermi dall'urlare loro in faccia per dimostrare che non sono quella che credono. In quei momenti sono felice della mia bruttezza e voglio che la vedano. Qualsiasi sia la mia malvagità, voglio viverla, voglio essere me stessa il più possibile; distante il più possibile dalla proiezione di uno sconosciuto.

«A me sembra solo fantastico» continuava a ripetere, in risposta a ogni sciocchezza che gli raccontavo sulle cose che facevo. «Venire qui tutta sola, sei così coraggiosa».

Mi sono trattenuta dall'urlargli il mio dissenso. Di quale coraggio stava parlando? Ero lì perché ero troppo stupida e debole per stare con gli altri. Avevo avuto un bisogno esagerato di loro e questo mi aveva distrutto. Avendo vissuto tutta la storia con Ciaran in modo disastrosamente sbagliato, adesso avevo troppa paura per riprovarci, e così ero qui.

Ero qui anche perché potevo farlo. Ero stata abbastanza fortunata da riuscire a scappare. Non avevo soldi, ma nemmeno legami. Ero giovane e sveglia e non avevo responsabilità che non potessi rimandare di qualche settimana.

Non c'era nulla di coraggioso in tutto questo. Ero stata più coraggiosa ogni notte passata chiusa in bagno dopo una lite con Ciaran. Ero stata più coraggiosa ogni volta che mi alzavo e andavo a lavorare. Chi l'avrebbe capito, che anche la debolezza era d'acciaio e pura? Per certi versi neanch'io riuscivo più a capirmi.

Odio la mia debolezza, ciò di cui mi sono privata e che ho dato a lui, ma la amo anche, la amo ancora. Non ho rimpianti. Amo la ragazza che ha fatto queste cose. La amo perché mi dispiace per lei, e la capisco.

È così coraggioso vivere da soli? Forse, per certi versi. Ma è stato coraggioso anche chiedere a qualcuno di vivere con me, anche se era la persona sbagliata, e nel modo sbagliato. Come ho potuto chiedergli di amarmi, un giorno dopo l'altro, quando la risposta continuava a essere no? Quale disperazione mi ha fatto vivere a quel modo?

Rimpiango quel coraggio, che è scomparso; se sia scomparso per sempre o meno, ancora lo ignoro.

Quella sera Mark mi ha baciato e gliel'ho permesso. Era la cosa più facile da fare, l'unica. L'idea di respingerlo e la conseguente discussione mi logoravano. Mi sono chiesta quante volte nella vita avevo fatto quel calcolo, come si sarebbero sentiti gli uomini se l'avessero saputo, se gli importasse.

In camera da letto, i suoi complimenti mi irritavano così tanto che all'inizio baciarlo era stato un sollievo. Poi si è fermato, ha allontanato il viso, mi ha guardato e scuotendo la testa ha fatto questo gesto di – cosa? – stupore? E poi ha sorriso e ha ripreso a baciarmi. Ogni volta che mi baciava era peggiore della precedente, e io volevo sempre più disperatamente che finisse. A volte ridacchiava un po', come incredulo per il suo colpo di fortuna. Sembrava una messinscena.

A un certo punto l'ho allontanato e gli ho detto che andavo a lavarmi i denti e mettermi il pigiama. Speravo bastasse a neutralizzare la minaccia del sesso. Speravo che saremmo potuti andare semplicemente a dormire.

Tornata in camera, ho spento le luci e mi sono sdraiata dandogli le spalle, con un: «Buonanotte!» eccessivamente allegro e definitivo. A torso nudo, mi si è avvicinato da dietro, ha premuto il suo corpo contro il mio e ha infilato un braccio sotto di me. Ha iniziato ad accarezzarmi lentamente le costole, la bocca si muoveva dai capelli verso il collo. Mi ha baciato lì, sulle orecchie, sussurrando cose affettuose. Io me ne stavo immobile e speravo che bastasse, che avrebbe desistito. Mi ha afferrato la mandibola e l'ha voltata verso di sé, ricominciando a baciarmi. Ho ricambiato il bacio.

Appena mi ha toccato il seno e stava per sollevarmi la maglietta, gli ho stretto il polso.

«Sono stanca, non me la sento. Mi dispiace» ho detto. Si è sdraiato di schiena. L'ho guardato: aveva gli occhi spalancati e supplicanti. Mi sono voltata dall'altra parte e ho messo un braccio sopra la testa, tirando la coperta sopra di me.

Qualche minuto dopo il suo corpo ha ripreso a cullare il mio. L'ho ignorato. *Posso dormire così*, ho pensato, *è una cosa che posso affrontare*. Il cazzo gli era diventato duro e ha cominciato, dapprima con gentilezza e poi sempre meno, a spingermelo contro. Mi ha spettinato di nuovo i capelli con il viso e mi ha baciato dolcemente.

«Non voglio» mi sono forzata a dire, invece di fare com'ero abituata: girarmi dalla sua parte, concedermi. Mi sono chiesta se sapesse quanto per me fosse intollerabile dire una cosa simile, se sapesse che ogni cellula del mio corpo era solita cedere.

«Ehi, perché no?» ha risposto con il tono di un bambino a cui viene detto che non ha più il permesso di giocare ai videogiochi.

Cosa potevo rispondergli?

Perché con te adesso no, Mark, quando ce ne sono stati così tanti altri, e tu stesso sei stato uno di loro?

Perché prima volevo e adesso no?

Perché le tue risatine e i tuoi sorrisi mi nauseano?

Non che adesso del mio corpo mi importi più di quanto mi importasse allora, è solo che ti odio di più.

Ce l'ho con te perché puoi trarre piacere da me.

Il comico John Belushi una volta ha detto: «Procuro così tanto piacere a così tanta gente. Perché non riesco a procurarne a me stesso?».

Non penso che te lo meriti. Non penso che tu mi meriti.

Penso che la tua piccola pantomima dell'amicizia e del desiderio sia fiacca e pallida.

Lui continuava a baciarmi il collo, accarezzandomi teneramente il corpo. Io continuavo ad allontanarmi rigida.

Avevo gli occhi spalancati e guardavo davanti a me senza espressione.

«Perché no?» ha chiesto di nuovo, e mentre mi voltavo verso di lui l'ho visto sorridere. Stava davvero sorridendo, docile e felice. Ha continuato a toccarmi e alla fine ho fatto quanto dovevo perché la smettesse di voler fare sesso con me, ovvero fare sesso con lui.

Ho emesso suoni bassi che solo un idiota avrebbe scambiato per suoni di piacere animalesco. Mi sono concentrata su quei suoni, che liberavano parte dell'odio e della repulsione che avevo dentro. Mentre accelerava il ritmo e iniziava a farmi male, mi sono piegata all'indietro e gli ho graffiato le cosce il più forte possibile.

Di nuovo, solo un idiota poteva scambiarlo per un segno di abbandono, di gioia. I suoi piccoli gemiti mi disgustavano.

Ho guardato il soffitto, desiderando che finisse, mentre lacrime roventi di frustrazione mi riempivano gli occhi. Ho mosso il corpo su e giù sempre più velocemente, implorandolo dentro di me che finisse, finisse, finisse. Quando ha finito, sono rotolata via da lui e ho pensato, *Mai più mai più mai più.*

Procuro così tanto piacere a così tanta gente. Perché non riesco a procurarne a me stessa?

Ho pensato, non per la prima volta, che le moine come quelle che aveva fatto lui andrebbero proibite. Era già quasi impossibile dire di no a un uomo, così difficile accettare la possibilità di venire ferita o disprezzata o insultata. Devi fare uno sforzo così grande per dire di no quando ti hanno insegnato a dire di sì, a essere accomodante, a rendere gli uomini felici.

Dopo che hai detto di no, un uomo che fa le moine per convincerti a cambiare idea diventa intollerabile. Anche se lo fa con educazione, o gentilezza, ignora le intenzioni espresse in modo chiaro. Significa: *La tua scelta di fatto non conta. A contare è il mio desiderio, e non voglio sentirmi in colpa per averti costretto. Non puoi ripensarci?*

Le moine sono un atto di codardia, e di violenza. Quando cambi il no di una persona in un sì facendo le moine, le hai rubato qualcosa che non ti appartiene.

Era l'ultima cosa che volevo fare, e l'ho fatta.

Mi sono seduta accanto a lui sul letto, guardandomi le cosce. Come sempre il mio corpo mi appariva diverso dopo che qualcuno mi aveva scopato, più coerente di prima. Mi ha messo un braccio intorno alle spalle e ha chiacchierato del lavoro, delle sue band, ha raccontato storie, pettegolezzi sui musicisti. Adesso era più facile ascoltarlo, meno irritante. Sono riuscita a ridere con lui senza che facesse troppo male.

3.

Quando vado a letto con uomini che non mi piacciono, uomini che mi irritano o spaventano o disgustano, perché è più facile farlo che non farlo, divento orribile come loro. Mi abbasso al loro livello lasciando che abbiano quello che vogliono.

Fare sesso con loro mi degrada, la mia riluttanza e successiva capitolazione mi degradano. Una volta degradata di fatto non sono migliore di loro. Quegli stessi uomini diventano più tollerabili ai miei occhi.

Poi li odio di meno, perché mi sono resa patetica come loro.

4.

La domenica mattina mi sono svegliata presto e sono andata sul balcone a controllare le mail e fumare. Era una bella giornata. Il primo freddo stava iniziando ad arrivare malgrado il sole e il cielo limpido.

Atene mi aveva già fatto questo regalo: apprezzavo ogni giorno che trascorrevo lì. Mi rendeva più felice l'idea di essere viva che di non esserlo. L'idea di non vivere era assurda. Eri pazzo a non vivere, se potevi farlo in Grecia.

Oggi mi piacerebbe nuotare, ho pensato.

Quando Mark si è svegliato, l'ho spinto il prima possibile fuori di casa per non perdere il momento più caldo del pomeriggio. La spiaggia più vicina era a un'ora di distanza e prima di partire mi sono assicurata che avesse preso un libro.

Sul tram che ci portava lì ci siamo seduti in amichevole silenzio, mi sentivo in colpa per quanto lo odiavo.

In spiaggia, mentre mi spogliavo, mi ha detto che non sapeva nuotare molto bene; fino a un certo punto sarebbe arrivato tranquillamente ma non si sarebbe allontanato troppo.

«Ok, va bene, non preoccuparti» ho detto bruscamente, infischiandomene di cosa sapesse o non sapesse fare.

Sono entrata in acqua e ho nuotato nel mare freddo, mi sono girata sul dorso e ho guardato il cielo, ho stiracchiato un po' gambe e braccia prima di allontanarmi.

Ero felice, come sono sempre in mare, l'unico posto che abbia mai trovato in cui il mio corpo mi sembra naturale, mio e usato secondo il suo scopo. Non ho peso ma non perdo consistenza. Sono sempre certa di cosa il mio corpo debba fare lì. Mi sento come una foca, il grasso che di solito odio in acqua diventa lucente e normale, il mio corpo inelegante qui sa essere forte.

Mark è entrato guadando, annaspando e facendo smorfie per il freddo. Mi ha sorriso, i denti che battevano, avanzando con cautela nella mia direzione. Ci ha messo un minuto per immergersi. Poi ha nuotato a cagnolino fino a dov'ero io e mi ha preso per la vita, spostando il mio corpo perché avvolgessi le gambe intorno al suo torso. Ho lasciato che mi tenesse così per qualche istante e che mi baciasse, poi mi sono piegata all'indietro e mi sono sottratta scalciando.

Dopo essermi allontanata ancora un po', mi sono voltata a guardarlo.

Vedendolo lì, che si contorceva tra le onde, insicuro e scomodo, ho capito che certe debolezze negli altri sono intollerabili – perlomeno quando non li ami.

Mi sono ricordata di quanto Ciaran avrebbe voluto che facessi certe cose che non potevo o non volevo fare, cose fisiche come andare in bicicletta o correre. Rifiutavo o mi scusavo per i miei difetti, difetti che erano sicuramente e decisamente miei quanto lo era la mia faccia.

«Per te non è un problema, giusto?» dicevo, con un broncio ironico, cercando di scherzarci sopra, ammettendo i miei limiti; mi aspettavo senza riserve che mi amasse malgrado quei limiti.

«Certo che non mi importa» diceva lui, e io tendevo a credergli. Ma in quelle conversazioni c'era sempre un accenno di non detto, una parola pungente che lui non si lasciava sfuggire, un po' di disprezzo.

Guardando Mark, l'ho capito. Quando qualcuno ha bisogno di te, anche solo un poco – ha bisogno di piacerti o essere amato da te –, vedere la sua debolezza è straniante e respingente. È brutto ma è vero.

Non è giusto ma è così. Quando ami una persona queste cose non sono nulla, o sono anche amabili in sé e per sé. Ma quando non la ami, ti tormentano. L'umanità della persona è rivelata troppo presto, prima che tu riesca a perdonargliela con l'amore.

Lì ho capito che Ciaran non mi aveva amato. Perlomeno non mi amava nel modo giusto, un modo che avesse a che fare con chi ero.

Questo non compensa quello che gli ho fatto, quello che ci siamo fatti. Lo rende semplicemente normale. Lo rende qualcosa con cui posso convivere.

Ho nuotato il più lontano possibile senza fermarmi a respirare, e poi ho messo la testa fuori dall'acqua, lontano dalla riva, così lontano da non riuscire a vedere l'espressione sulla faccia di nessuno, così lontano da non essere visibile. Ero felice che Mark non potesse seguirmi, e ho ripreso a nuotare. Ho nuotato fino allo sfinimento, le braccia e le gambe erano diventate così gelatinose che ho faticato a tornare, gli alberghi, gli ombrelloni e le persone che si confondevano allegramente.

In spiaggia, Mark era seduto sul telo, a leggere un libro, un fastidio malcelato sul viso.

«Non ti vedevo più... mi ero preoccupato» ha detto.

Sono crollata a sedere sulla sabbia, sdraiandomi lì e stiracchiandomi, lasciandola entrare in ogni parte imbarazzante di me.

«Va tutto bene» gli ho detto. «Non c'è bisogno che ti preoccupi».

5.

A quel punto se n'è andato, prendendo le chiavi di casa.

Vicino a me, due gemelli anziani prendevano il sole e si muovevano in sincrono sui loro teli per ottenere un'abbronzatura uniforme. Si sono alzati insieme e hanno rivolto il viso verso l'ultimo sprazzo di luce pomeridiana, a occhi chiusi e tenendosi per mano, senza parlare.

Accorgermi di quanto fossero buffi e commoventi, e di quanto fossero a proprio agio l'uno con l'altro, mi ha reso felice.

Mi ha reso felice anche guardare il chiosco degli hot dog e la mia birra posata sulla sabbia, e le mie aspre sigarette greche, e i libri che avevo comprato all'inizio della settimana nel portico di una donna.

Mi ha reso così felice che di lì a poco piangevo per la fortuna di essere lì, per la fortuna di essere finalmente sola, anche quando faceva male.

Dentro di me succedevano cose per cui non c'erano parole, o ce n'erano troppe – cose così semplici che sembrava infantile addirittura pensarci, ma a cui per molto tempo non ero riuscita a pensare. Cose come il cielo arancione pastello che mi stava spaccando, aprendo e liberando il cuore come quando ero adolescente.

Mi sono ricordata di quanto un tempo amassi imparare le cose. Riuscivo a rivedermi circondata da libri di testo ed enciclopedie nella biblioteca di Waterford, dove me ne stavo seduta tutto il giorno a imparare le cose perché volevo conoscerle, non per raccontarle a tutti o per diventare diversa dalla persona che ero.

Ho pensato alla faccia infastidita di Mark e alla sua preoccupazione quando non riusciva più a vedermi serpeggiare via nel mare, dove facevo il morto e mi godevo il profumo del mio odore che arrivava dall'acqua.

Ho pensato a tutta la preoccupazione che avevo generato in Ciaran o in altri uomini, con il cibo e i tagli e il pianto e il sesso, l'intera monumentale offerta della mia rabbia e del mio dolore, rabbia come un'esibizione, rabbia per tutto quello che mi avevano fatto o non si erano presi il disturbo di farmi.

Ho pensato a quanto, da sempre, la mia vita e la mia testa fossero piene di queste cose, della disperazione di essere amata da un uomo, dell'idea che l'adorazione di un uomo o il bisogno di scoparmi avrebbero zittito per sempre le parti brutte di me.

Pensavo che l'amore di un uomo mi avrebbe riempito così tanto che non avrei più avuto bisogno di bere, mangiare, tagliarmi o fare di nuovo qualsiasi altra cosa al mio corpo. Pensavo che se ne sarebbe fatto carico al posto mio.

Ma adesso ero qui, proprio qui dentro, senza nessuno a dirmi cosa sarebbe successo dopo.

A cosa avrei pensato adesso che non pensavo all'amore o al sesso? Questo sarebbe stato il prossimo passo, cercare di capire con cosa riempire tutto quello spazio.

Ma andava tutto bene. Quella cosa sarebbe arrivata.

RINGRAZIAMENTI

Alla notevole, brillante e amata Harriet Moore, mia agente e amica: senza di te non avrei mai scritto questo libro e ti sarò grata in eterno per la fiducia irremovibile che hai riposto in questo lavoro complicato e mutevole in tutte le sue varie forme. Io e molti altri ti vogliamo bene e ti ammiriamo enormemente.

Sono molto grata alla Jonathan Cape, in particolare a Michal Shavit e Ana Fletcher, per l'incredibile guida e la visione costante che mi è stata fornita con generosità e gentilezza, e alla Little Brown e all'inimitabile Jean Garnett.

Grazie agli amici che mi hanno sostenuto mentre scrivevo questo libro, che l'abbiano fatto prestandomi cinquanta sterline, offrendomi arrosto a cena o soltanto con il sollievo della loro compagnia. Grazie ai miei amati Taddyheads: Stan Cross, Francisco Garcia, Josh Baines e Charles Olafare, alle mie amiche *Pink IPA* Lolly Adefope, Heather McIntosh e Thea Everett per aver chiacchierato con me tutto il giorno tutti i giorni e avermi sempre fatto morire dalle risate. A Crispin Best, Mat Riviere e Rachel Benson per essere stati dei fantastici amici quando sono arrivata a Londra e per sempre: vi amo tutti e faccio tesoro di ogni minuto passato insieme.

Ringrazio tutti quelli che mi hanno ospitato temporaneamente, a volte chiedendomi di occuparmi dei loro gatti, in case spesso incantevoli dove ho scritto pezzi del libro, soprattutto Tommy e Kate Farrell e Sophie Jung.

Grazie a Jesse Darling per essere stato un coinquilino londinese per poco tempo ma in modo eccellente e formativo e per avermi dato l'idea, di cui avevo bisogno, di cosa significhi una vita domestica costruttiva invece che piena di sacrifici.

A Joseph Noonan Ganley, Fiona Byrne, Chris Timms, Frank Wasser e Alice Rekab per l'ospitalità e gli inviti quando sono arrivata a Londra, per le patate al forno e le feste di Natale a Camberwell, e per la disponibilità a parlare del mio lavoro quando era ancora in un'imbarazzante fase embrionale.

Agli adorabili Linda Stupard e Tom, vi ammiro entrambi, siete delle persone assolutamente brillanti e il modo in cui vi amate è per me di grande ispirazione. Torniamo a Ischia.

Grazie a Roy Claire Potter, il mio fumatore accanito preferito e uno dei migliori scrittori e artisti che abbia mai incontrato.

Grazie alla mia ex coinquilina e meravigliosa amica Isadora Epstein per i nostri anni a Dublino a ridere e discutere e per tutto il tuo supporto quand'ero lì e dopo che sono andata via: sei la regina assoluta delle signore. Grazie a Oisin Murphy Hall e Liz Ni Mhairtin per gli anni di amicizia, per avermi rimesso in piedi quando sono tornata a Dublino e per avermi fatto ridere come nessuno mai. Grazie alla mia cara amica Fiona Hallinan per tredici anni di amicizia, pesca, nuotate: sei una meraviglia. A Shane Morrissey, il mio amico più adorato.

A Sean Goucher, per sempre il mio ex collega preferito.

Grazie ai miei fantastici fratelli Gavan e Luke Flinter per il vostro sostegno e amore e le sempre divertenti baruffe natalizie spesso inzuppate di whiskey.

A Simon Childs: grazie per il tuo amore facile e generoso che ha reso molto più tollerabile scrivere di questa cosa che è il contrario dell'amore. Resterai sempre nel mio cuore e spero che continueremo a conoscerci per il resto delle nostre vite.

Alla mia migliore amica Doireann Larkin: ti voglio un mondo di bene e non so dirti quanto ti sarò eternamente grata per tutto l'aiuto che mi hai dato quando sono venuta a Londra, regalandomi tessere Oyster, cene nei Tupperware e vino quando ero al verde, e per le interminabili serate sciocche sul tuo divano a raccontarci le stesse storie come facciamo da quindici anni e godendocele sempre più che mai.

Grazie ai miei meravigliosi patrigno e matrigna, Ger Kenny e Trudi Hartley.

Soprattutto grazie ai miei genitori Jim Nolan e Sue Larkin per essermi rimasti accanto mentre facevo a pezzi la mia vita e mentre la rimettevo insieme. Senza la vostra pazienza, l'amore e l'incoraggiamento non sarei riuscita a venirne fuori. Vi ringrazio immensamente e vi amo tanto.

NOTA DEL TRADUTTORE
Atti di traduzione

Tiziana Lo Porto

Anni di esperienza e decine di libri tradotti mi hanno insegnato che le storie che preferisco tradurre sono le storie vere, possibilmente raccontate in prima persona, e dunque memoir, autofiction e ogni altra forma di autobiografia. Non perché siano i libri che più amo leggere, né perché siano più facili da tradurre delle storie di finzione, spesso non lo sono. La mia predilezione ha anche poco a che fare con la qualità del libro in traduzione o con il risultato del lavoro fatto (le preferisco ma non è detto che le traduca meglio), e dura solo il tempo della traduzione, tempo sacro in cui mi è richiesto di uscire dalla mia testa e di trascorrere un po' di ore al giorno per qualche mese dentro la testa di un'altra persona, di entrare nelle storie che ha vissuto, di provare i sentimenti che ha provato, a prescindere da quanto dolorosi e poco lineari siano. Proprio della non linearità Megan Nolan fa virtù in questo libro, che è anche il suo esordio ed è autobiografico, rivendicando il diritto di ogni essere umano di pensarla diversamente dagli altri e anche da se stessi, di perseguire un obiettivo (sentimentale o di altro genere) solo fino a quando è coerente con il proprio desiderio, con ciò che si vuole veramente, e poi di lasciarlo andare non perché si è trovato di meglio (un altro uomo, un'altra donna, o semplicemente dell'altro da fare) ma perché si è smesso di desiderarlo.

Nel suo bel saggio-memoir *King Kong Theory*, la scrittrice francese Virginie Despentes anni fa raccontò come nel recensire il film da lei tratto dal suo stesso romanzo *Scopami*, un critico ebbe a citare il regista Jean Renoir e quel suo dire che "i film dovrebbero essere fatti da donne carine che mostrano cose carine". Per tutta risposta, la Despentes scrisse un nuovo romanzo con protagoniste due gemelle che nel corso della storia fanno cose difficilmente definibili carine e lo titolò *Les Jolies Choses*, "le cose carine". In *Atti di sottomissione*, Nolan racconta episodi della propria vita che includono sesso violento e voluto, sesso violento non voluto, sesso al limite del consensuale, sesso non consensuale, stupro, dipendenza da alcol, terrorismo psicologico e altre cose non carine, accadute prevalentemente a lei. La particolarità della Nolan, e una delle ragioni per cui ho amato il suo libro e trascorrere un momento della mia vita dentro la sua testa, è che nel raccontare questi episodi non vuole né cerca la solidarietà di nessuno, soprattutto non vuole fare banda con nessuno. Giovane adesso che il libro è ultimato e in libreria (è nata nel 1990), giovanissima quando le accadono suddetti episodi, ha la saggezza di chi non vuole essere rassicurato dall'apprendere che quanto gli è successo è successo anche ad altri, ma vuole essere rispettato per quella diversità che avverte tra se stesso e il mondo, consapevole che, brutte o belle che siano le nostre esperienze, sono comunque nostre, ci definiscono, ci rendono chi siamo.

Quando è nel torto, e sa di esserlo, Megan Nolan non chiede scusa, non si giustifica, non vive con senso di colpa gli errori commessi, nemmeno li considera errori. Più di ogni altra cosa evita la trappola del vittimismo, fugge ogni scorciatoia che potrebbe rendere il suo libro apprezzabile per mera solidarietà verso la storia, o per affinità di genere (quello femminile). Il risultato è che il suo libro funziona perché la forma non rincorre il contenuto ma le tiene testa. Funziona perché è un bel libro e non solo una bella storia da raccontare.

Da traduttrice mi sono interrogata sul contesto (geografico e dunque anche sociale) in cui la traduzione di *Atti di sottomissione* sarebbe approdata: l'Italia e non la Gran Bretagna. Mi sono chiesta se il lettore italiano avrebbe avuto una sensibilità diversa rispetto a certe tematiche, in primis la libertà sessuale di una donna intesa non come libertinaggio ma come libertà di scelta, includendo anche quella di non scegliere e di lasciare che sia il partner a scegliere, di desiderare il desiderio dell'altro, di poter vivere l'eccitazione che si prova nel sentirsi vuoti e in balìa di un'altra persona. Non so quale sia la risposta e non credo sia unica, credo piuttosto che in Italia come in Gran Bretagna ci sarà chi riconoscerà in Megan Nolan una piccola o grande parte di sé, e chi si ritroverà disturbato ma attratto dalla diversità o forse dall'inaspettata familiarità della vicenda. Personalmente, mettendomi alla consueta giusta distanza che stabilisce un traduttore da se stesso quando intraprende l'opera del restituire in un'altra lingua la voce di qualcun altro, ho guardato alla vita di Megan Nolan con quell'ammirazione e quel rispetto con cui da ragazza guardavo alle vite delle eroine dei classici della letteratura, col batticuore laddove la giovane autrice era in pericolo, temendo più per le ferite dell'anima che per quelle inflitte al corpo, consapevole che niente di quello che le accadeva veniva vissuto per essere raccontato, ignorando fino alla fine che della propria vita ed esperienza ne avrebbe fatto un libro.

Da ragazza, quando avevo più o meno l'età che ha Megan Nolan per gran parte del libro, avevo l'abitudine di sedermi a un tavolo, uno qualunque, ogni volta che le cose si mettevano male e mi succedeva qualcosa di brutto, e di scrivere cercando una forma, prosa o poesia che fosse, che rendesse bello il brutto. E con bello non intendo il carino auspicato da Renoir, ma potente, valido, capace di intrappolare e trasmettere il sentimento che provavo in quel momento, qualunque esso fosse. Per tradurre questo libro ho fatto più o meno così, mi sono seduta a un tavolo e mi sono messa in ascolto, cercando il sentimento insieme alla parola, facendomene carico per poi lasciarlo sulla pagina, per restituire al lettore, qui e in italiano, la vita di una ragazza di nome Megan Nolan per come lei stessa l'ha raccontata. Spero di esserci riuscita.

INDICE

FINITO DI STAMPARE NEL MESE DI NOVEMBRE 2021
PRESSO CONSORZIO ARTIGIANO LVG (AZZATE)

Printed in Italy

Prima edizione: settembre 2021
Seconda ristampa: novembre 2021